有爱的青春陪伴者

你的
Boy friend
超凶男友
已上线

砂砾 著

黑龙江美术出版社
Heilongjiang Fine Arts Publishing House
http://www.hljmscbs.com

图书在版编目（CIP）数据

你的超凶男友已上线 / 砂砾著. -- 哈尔滨 : 黑龙
江美术出版社, 2018.7
ISBN 978-7-5593-2779-6

Ⅰ.①你… Ⅱ.①砂… Ⅲ.①长篇小说－中国－当代
Ⅳ.①I247.5

中国版本图书馆CIP数据核字(2018)第083173号

你的超凶男友已上线
ni de chaoxiong nanyou yi shangxian

出 品 人/ 金海滨
著　　 　/ 砂　砾
责任编辑/ 李　旭　张泽群
特约编辑/ 廖晓霞
整体设计/ Insect
出版发行/ 黑龙江美术出版社
地　　 址/ 哈尔滨市道里区安定街225号
邮政编码/ 150016
发行电话/ （0451）84270524
网　　 址/ www.hljmscbs.com
经　　 销/ 全国新华书店
制　　 版/ 黑龙江美术出版社
印　　 刷/ 长沙鸿发印务实业有限公司（长沙黄花工业园三号 邮编410137）
开　　 本/ 880mm×1230mm　　1/32
印　　 张/ 8.5
版　　 次/ 2018年7月第1版
印　　 次/ 2018年7月第1次印刷
书　　 号/ ISBN 978-7-5593-2779-6
定　　 价/ 32.80元

目录

目录

楔子

Boy friend

　　有一个大神说过这样一句话："感情这回事，本身就很玄。玄乎其玄的是，你还去相信它的存在。"

　　这是我一个人的秘密。

　　在这个秘密发生之前，我没想过会发生这一切。

　　后来，我又听过这样一句话："爱情若不死，它可以穿越时空给你惊喜。"

　　我被惊到了。

　　我把它写出来，希望也能把你给惊到。

　　因为这是一个分享的时代，不是吗?

你的
超凶男友
已上线

第一章
对我来说他是意外，你才是惊喜

灯灭了大约有两分钟的时间，再次点亮。

宴会场的正中央，躺着一具女尸，她是X集团的总经理夫人赵艳雪。

赵艳雪穿着香奈儿白色抹胸晚礼服，睁着大大的眼睛，脸色泛红，诡异如画。

所有人都尖叫着往后退，陷入恐慌。

我第一时间看向人群，每个人都是正常反应，但没看到总经理严冬。

有人报了警，并呼唤大家不要胡乱走动，破坏现场。

不一会儿，助理拥着严冬赶过来。

他看到死亡的妻子，目光震了震，双腿一软跪倒在地。

"这家伙反应不太对。"

我侧头，明亦阳靠着窗边坐着，大长腿轻抵地面，手里摇晃着酒杯，一身黑色西装穿得帅出天际。

我问："哪里不对？"

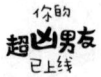

"不是应该扑过去用力抱住，大喊'雪儿，你怎么了！你快醒醒！你快看看我啊'之类的吗？"他做完夸张的口型，淡定耸肩。

"……"我没好气地翻白眼，"葛老师是琼瑶迷吗？当时创作你时看的是《情深深雨蒙蒙》吗？"

"姜咪，现在创作我的是你。"明亦阳刷漆般的黑眉往上挑，放下酒杯走到我跟前，眸光魅惑，"我的外在内里，你最最清楚。"

幸好大家的目光一致是那具尸体，没注意到站在最后边低声自言自语的我。

而大家之所以看不到明亦阳，是因为，全世界只有我看得到他——

我，姜咪，是一个漫画家。

三个月前从崇拜多年的大师葛冉手里接过她创作了一半的遗作《此王凶萌》，明亦阳就从漫画书里走进了我的世界。

没错，漫画世界已经失控：

携带暗黑势力的魔界之人，试图找到树灵能源控制世界，我必须先他们一步找到，维护世界秩序。

我决定接替葛老师继续创作，携手男主角明亦阳和魔界斗智斗勇斗速度。

两天前，我收到神秘人发来的X集团慈善晚宴的邀请函。

于是，此刻我和明亦阳出现在这里。

宴会场无端端变成了案发现场，某人的调戏实在白目。

我不搭理明亦阳，继续看向那个严冬。

虽然某人白目，但他的话还是有道理的。死了妻子，严冬的这个反应更像是装出来的。

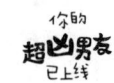

警察很快赶到，控制了现场，初步确定赵艳雪死于氯化钾中毒。

"姜咪，你怎么会在这里？"

这声音好熟悉，我循声抬头。

我没想到赶来的警官是莫初。四年不见，他竟第一眼就看到了最后一排的我，拨开人群走了过来。

我讪笑，含混不清地作答："哦……是啊，就刚好有幸被邀请。"

莫初望了我一会儿，张了张嘴，叙旧变成例行公事："麻烦请出示一下你的邀请函。"

明亦阳的目光一直滚烫地盯着我，我只当没看见。

警察把尸体抬走后，又排查了基本情况，宾客各自散去。

莫初送我回家，明亦阳坐在车后座。

一路上，莫初都没说话，车内气氛尴尬。

最后，我忍不住先开了口："莫初，最近过得好吗？"

"挺好的，就是忘不了你。"莫初语出惊人，但我知道他没变，还是和以前一样直来直去。

我没说话，想到后边还有一个明亦阳，内心就别扭。

到小区门口，我示意莫初停车，他探头看了看："姜咪，你搬家了？"

我点了点头："现在需要更大的工作室来画画，所以就搬了。"

"你的漫画我都有在看。最近你很火，决定要继续创作葛冉的遗留手稿。"

莫初竟都有在关注我的动态，我心头一热。

"谢谢。"我强装平静。

和他挥手告别，我径直往前，生怕多逗留一刻，心事就被戳穿。

"最近过得好吗？挺好的，就是忘不了你。"明亦阳跟在后边，阴阳怪气地学我和莫初的对话，"姜咪，你搬家了……"

"够了！"我回头，低声呵斥。

明亦阳双手插入口袋，一米八八的个子，修长而俊朗地站在路灯下，影子拖长过来盖住了我的影子。

他搞怪的表情渐渐变得严肃："姜咪，这还是你第一次对我大声说话。"

我错开视线看向一旁。

"怎么，晚上看到死人，所以心绪难宁，还是因为看到莫初？"明亦阳语气讥讽，像刺扎在我心头。

"我没必要向你交代。明亦阳，你只是我笔下的漫画人物！"我吼出这句话就后悔了。

明亦阳定定地看了我一眼，越过我而去。

四周寂静，只剩蝉声。

我承认，明亦阳看穿了我。

莫初，我难忘的初恋，四年后的再见，的确比死人还让我震撼。

相比明亦阳，莫初是存在于现实中的、真正被我拥有过的男主角。

回家的一路，我走得特别慢，和莫初的往事一幕幕重现，包括当年为什么会分手。

如今看来，我依然只有漫画，他也只有工作。

这个念头突然划过心底，莫名一恸。

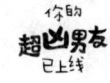

推开家门，客厅依然是漆黑一片，我按亮灯。

明亦阳坐在沙发上，喝着从冰箱里拿出的啤酒。

这是我给他的设定，一不高兴就喝酒，喝完还会把空罐子当篮球投射，以超长弧度扔进厨房里的垃圾桶。

"刚才我说话重了些，对不起。"见他这样，我主动道歉。

"用得着吗，我只是你笔下的漫画人物而已。"他瞪着我，像小孩子一样"有仇必报"。

我丢掉手里的包，脱掉鞋子，光脚踩地板，半跪在沙发旁，仰头望他："用得着，用得着。你对我来说很重要，这么久以来都是你陪在我身边的呀。"

明亦阳眸光一亮："我……对你来说很重要？"

"嗯……这样吧，我再给你多画几个漂亮可爱的女佣怎么样？"我能想到的哄他开心的最直接的方法，就是这个。

明亦阳喜欢美女。

他眸光却忽然暗下来，别过头："不必了。"

我怔了怔。他把空罐子投进垃圾桶，然后起身："第一章的故事，你准备怎么画？"

赵艳雪的死，会是我第一章故事的开头。

寄给我邀请函的神秘人很明显是想引导我知道些什么，我很好奇那是什么。

可是，还有一个问题也困扰着我——

如果那个赵艳雪是我和魔界的共同目标，该怎么办。

"你不是给魔界设定了三个劫难，他们还在闯关。现在比的是时间，我们只要更快地确定赵艳雪身上是不是有线索碎片

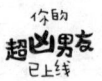

就可以了。"明亦阳提醒我。

我恍然，笑眯眯地盘腿坐上高脚凳："对啊，我怎么给忘了。小亦亦，你记性真好，不愧是IQ180的天才！"

明亦阳脸微微一红，下巴抬高，忽而又阴冷地盯着我："那就是说，你要继续见到莫初。"

我怔了怔，赵艳雪家现在肯定在警方视线范围内。

那我和莫初就不可避免要接触到。

"我……我是去查赵艳雪……"

我话音未落，明亦阳"嗖"一声不见。

他回他的世界里去了。

我看着显示器里他开着红色法拉利，左拥右抱我刚给他画的两个美女Tina和Anny，沿着塞纳河边夜游车河。

神态乖张、肆意。

明亦阳和我在闹别扭，因为莫初的出现。

我说漫画创作遇到了瓶颈，想在不打扰的情况下跟一下这桩案情。

幸好莫初答应了。

停尸房里，我看到了浑身光溜的赵艳雪。

她曾经是X集团的大公主，和严冬的结合，是下嫁。

当年严冬是一名普通的上班族，一跃成为驸马，饱受了舆论压力和世俗眼光。

后来凭借自身能力，一步步做到高层，也算渐渐变得和赵艳雪般配起来。

于外界而言，赵艳雪人生风光，家庭幸福。

这样一个女强人躺在冰冷的台子上，我微微出神。

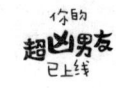

"她身上有很特别的刺青。"莫初的话拉我回神。

顺着他指的方向，我看到赵艳雪的背部果然有着奇怪刺青，面积还不小，仔细看去……像是一只昆虫的图案。

"这和她的死有关系吗？"

莫初摇头："不清楚。"

"法医最终鉴定，没有任何外伤，死因的确是氯化钾中毒，她最后喝的香槟里查出了轻微的氯化钾残留。可奇怪的是，通过监控画面可以看到，赵艳雪是自己去到酒区拿的酒，酒区那么多酒，谁都可以拿去喝，概率是随机的，这说不通。"

我问："最后一个和赵艳雪喝酒的人是谁？"

"不知道，还在查。"

我点点头，随莫初走出停尸房，看到迎面走来的严冬和他的助手。

严冬还是穿着昨天的西装，神情疲惫，头发有点凌乱，看到我的时候目光怔然。

"严先生。"莫初驻足。

"莫警官。"严冬点头致意，转而看向我，"姜小姐怎么会……"

莫初说："她是我朋友，今天请她来循例问话顺便看望一下死者。"

我抿唇："严先生，节哀顺变。"

严冬垂眸，从鼻息间"嗯"了一声，越过我和莫初往停尸房里走。

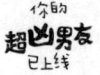

严冬的社会地位摆在那里，莫初即便有话要问他，还是要注意尺度。我和莫初在外边等着。

看到严冬出来，莫初走上前："严先生，有几个问题想请问您。"

严冬脸色凝重："要问的昨天在晚宴上不是都问过了吗？莫警官，我希望你们尽快查出凶手，好告慰我妻子，给X集团一个交代。"

"最近，两位夫妻关系如何？您太太有和谁结怨吗？"莫初径直开口。

"您这话是什么意思？"严冬的脸色冷下来，透着愠怒，"我和我太太感情和睦，我太太礼貌待人，这是大家都知道的事情！"

"严先生您先不要生气……"

"我还有事要处理，先走一步。"严冬打断莫初的话，大步离开。

我确定，他用余光"带"了我一眼。

对待莫初的几个问题，严冬的反应耐人寻味。

莫初决定先去严冬家看看。

市中心最好的别墅区，临湖的一栋，天鹅在水面上不时拍打翅膀，干净透明的落地窗让辽阔的客厅和湖两两相望。

莫初的同事已经在里边了。

赵艳雪的死，让X集团迅速上了头版头条，股价下跌，严冬忙着应付舆论和公司的事儿，家里只有保姆在招待警方。

莫初和别的同事在谈话时，我上到二楼，想去赵艳雪的房间找找看有什么线索，不想明亦阳已经抱臂站在里边。

"怎么样，和莫初重温旧梦的感觉如何？"明亦阳斜着眼睨我。

我挑眉："还行，比你携美女游车河的感觉好点。"

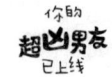

明亦阳突然把脸凑过来，黑眸清亮："你刚才是吃醋了吗？"

我瞪眼戳开他额头："疯了吧你，能不能正经点。"

明亦阳好整以暇地握住我的手："我不正经，就代表你不正经。"

我懒得理他，将话题往正事儿上拐："说重点，有什么发现。"

"房间很干净，衣橱里有赵艳雪的性感内衣，抽屉里有五个全新的避孕套，橙味。"

"……"我抓起床上的枕头就朝他扔过去！

明亦阳利索地接住枕头抱在怀里，一脸无奈地看我："我还没说完呢。我是说赵艳雪的性感内衣根本就没穿过，尺寸也不像是她的，而抽屉里的避孕套放得格外凌乱，和房间整体透着浓浓强迫症的感觉压根儿不像。"

我若有所思："你是说这些夫妻和睦的感觉都是假象？"

"对。"

等一下，后半句分析勉强有理，前半句……

"你怎么知道赵艳雪的尺寸？"

明亦阳的视线缓缓下移，最后停在我的胸前："你的尺寸是D，大D。"

就在我要把另一个枕头扔向他时，听到了莫初上楼来的脚步声，我立刻一惊："明亦阳，你赶紧把枕头扔到地上去。"

明亦阳居然装没听到。

"姜咪。"莫初已经上到二楼！

我屏息冲向明亦阳，一把抱住他。说时迟那时快，莫初已经到门口。

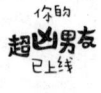

莫初狐疑地看着抱着枕头站在床尾的我，感觉我的姿势有点怪的。

　　"姜咪，你……在干吗？"

　　"哦，我……我不小心把枕头弄到地上去了，我捡枕头。"我暗自喘气，要是让莫初看到一个枕头在半空中悬着，估计会戳瞎自己的眼睛吧。

　　"撒谎不对，你现在正抱着我。"明亦阳凑到我耳边，语气悠然。

　　我左脚缓缓抬起来狠狠地踩他脚背上，再放开。

　　莫初走过来从我和明亦阳的手里抽出枕头，温柔微笑："这里的东西最好别乱动。"

　　"好……"我推开明亦阳，转过身去。

　　我问："有什么发现吗？"

　　莫初摇头："同事说没发现什么特别的，刚才我也看了一下，房子干净、奢华，没有生活气息，保姆说他们夫妻不是经常回来。"

　　我点点头，突然看到明亦阳正往床底爬去。我没好气："你干吗？"

　　莫初正在开抽屉，听到我的话回头望我："嗯？"

　　我尴尬地笑了笑，一时不知怎么说，他就把抽屉给打开了，避孕套显现天下。

　　这下，真的是尴尬爆表。

　　莫初吸了吸鼻子，把抽屉又推了回去。

　　明亦阳从床底爬出来，看了我一眼，飞身出了阳台。

　　我无语地看着他的背影，不由得纳闷儿最近他怎么那么爱和我闹别扭。

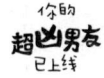

严冬驱车从公司回来，莫初终于可以坐下来和他谈，我不方便在旁边，便出去了。

我到处找明亦阳，这家伙在湖边和天鹅玩。

我走上前："明亦阳，你刚刚在床底发现了什么？"

他修长的手指挠着天鹅的嘴玩，头也不抬："我干吗要告诉你啊。"

我气得双手叉腰："明亦阳，你再这么无理取闹，我就……"

他腾地站起来，居高临下地看我："你就怎样？"

这忽然的气势还真让我语塞了："……我就在漫画里往死里整你。"

明亦阳一点也没在怕，歪头看我："想知道也行，你先回答我一个问题。"

"什么？"我预感不太好。

"你和莫初到没到'三垒'？"

"……"我甩手就给了他一大嘴巴子，脸憋得通红，"明亦阳，你说什么呢！"

明亦阳先是一愣，随后笑意渐浓，竟也不恼，从口袋里拿出一粒圆圆的、白白的东西，晃到我眼前。

"我刚刚在床底发现的就是这个。"

这是药片。

房间特意打扫过，显然这药片是遗漏了的。

我有些激动："明亦阳，这会是很重要的线索。"

明亦阳拉住转身的我，神情严肃："姜咪，你别忘了我们真正的目的，可不是帮莫初破杀人案。"

我顿了顿，点头，他脸上终于又浮现霸道又坏萌的笑容。

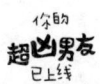

回到别墅内，莫初和严冬的谈话看样子并不顺利，我上前把药片握在手里："严先生，我想问您一个问题可以吗？"

严冬已经很不耐烦，但还是秉持耐心："你问。"

"您太太最近身体是否有不适，有服用什么药物吗？"

严冬看着我，没有立刻回答。

我把手心摊开："这是在您房间里发现的，看上去好像并不是感冒药。"

莫初看着我。

这时，严冬的脸色和缓下来，他似突然松了一口气般："哦，那是我服用的镇静类药物，我医生可以证明。由于长期的工作压力，我需要服用这种药物来缓解精神压力。"

莫初点头，领我出去："好，那我们就不打扰严先生休息了。"

我稍稍回头，发现严冬陷在他那张从国外空运过来的沙发里尖锐地看着我。

出了大门，保姆在花园里拿着剪刀在修剪花圃，神情悲伤。

我上前看到她连那些很好的枝叶都剪掉放进桶里，不禁好奇。

"夫人生前最讨厌虫子，都吩咐我将这些花草收拾得干干净净。"说起赵艳雪的死，保姆感伤不已。

我愣住。

莫初唤我："姜咪，该走了。"

一只手有力地拎起我的衣领，我转头，明亦阳咬着从别墅拿的梨："姜咪，该走了。"

车上，莫初问我什么时候找到的那药片。

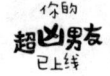

"就……在你进来之前。"

明亦阳阴沉着脸探头到我旁边："姜咪你真会邀功。"

"刚才严冬在你拿出药片前后态度明显有出入，这药片我得带回局里检测一下是什么药。"莫初有点兴奋，目光炯炯地看向我，"姜咪，你真是我的福星。"

从早上开始我和他就一直围绕着案情，暂时将彼此的心情搁置。此刻迎上他炽热的目光，我的心头又被揪了一下。

莫初带着药片去警局，和我互留了手机号码，我选择在街边下车。

明亦阳走到手机店门口，闷声说道："姜咪，给我买一部手机。"

我眨眼："我们每天都在一起，手机拿来做什么用？"

我还没说完，他就推我进去了。

这时挂在墙上的电视播放着新闻："X集团厄运连连，赵大小姐离奇死亡还不到二十四个小时，严冬请辞高层职位。股价一跌再跌，众人纷纷猜测……"

这个节骨眼儿上，严冬请辞。

"像不像要落荒而逃？"明亦阳趴在柜子上挑选手机，问我。

我没说话，严冬不是傻瓜，他这么做的目的到底是什么。

这时，明亦阳敲了敲某水果牌最新款笑眯眯地看着我："就这个了。"

我无语地看着价格，拿出手机默默地输字："你以为现在是你那个世界呢，钱是画出来的？"

明亦阳双手抱臂："是画出来的呀，这么多年你的稿费存在卡里，少说也有十几万。"

我咬牙沉默。导购员全然不知地冲我笑："小姐，您看上哪一款，可以拿出来看一下的。"

明亦阳伸手扯我头发，开始耍无赖："你到底给不给买，给不给买，给不给……"

"买！"我仰着头大喝一声，把导购员吓了一跳。

我尴尬地挤笑，指了指柜子："就这个，给我包起来。"

导购员笑着送我出门，明亦阳笑着看新手机。

我把后槽牙咬得咯吱咯吱响，瞥他："满意了？"

明亦阳挑眉哼哼："来，我们也交换一下号码，你要把我存成一号键。"

我不搭理他这样莫名的心血来潮，思索着案情："明亦阳，你听到那保姆的话了吗？她说赵艳雪生前最讨厌昆虫，可她却把虫子文在背后，这不是很奇怪吗？"

明亦阳点头："是很奇怪，所以只有两种可能，要么就是别人强迫她文上去的，要么就是这虫子另有深意。"

我同意他的说法："如果虫子不是虫子，会不会就是我们要找的树灵能源地形图？"

我和明亦阳真正的目的，就是比魔界先一步找到树灵能源。

树灵能源属于上古能源的一种。

其实，关于上古能源的传说，我并不相信。葛冉老师告诉我，起初她也是不信的，直到她姥姥弥留之际亲手将一本能源古书交给她，那上边记载了很多千古之谜，她将其中的记载画成漫画，才终于明白这个世界上的确是有很多神秘力量的存在。

我是葛冉老师的有缘之人，她亲手虚构的世界渐行失控，

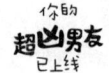

成了她临终遗憾，我必须帮忙弥补。

明亦阳脸色突然一黑，脚步趔趄："不好，我感觉到他们已经冲破关卡，追了过来。"

"怎么会这样？"我怔了怔，"我明明加强了驻防能量，起码还有一个月的时间。"

"你忘了，他们已经不完全在你画笔的控制之下了。"明亦阳皱眉。

我咬唇，这样一来，原本不多的时间更加紧迫。

要尽快搞清楚赵艳雪到底有没有地形图。

我决定去找莫初要赵艳雪背部刺青的照片，明亦阳否决了我："你这样太引人怀疑，莫初又不是傻子，除非他愿意在你面前变成傻子。"

我看向他："那你有什么好主意？"

明亦阳戳我的额头："谁给赵艳雪刺青的，找那个人不就好了。"

我翻白眼，这家伙总是爱现，早说会死啊。

按照他的推理，赵艳雪身份尊贵，刺青师傅一定会找最顶尖的，而这个刺青如果有特殊含义，一定不会大张旗鼓地差手下人预约。

手艺顶尖、在行内排前，身份隐秘、远离社交圈。

第二天一早，我和明亦阳来到XL路12号，一栋小洋房前。

"这里就是'三只眼'的工作室？"我问明亦阳，"好像没想象中那么阴森恐怖。"

明亦阳盯着紧闭的大门，用鼻音回答我。

刺青这行业有点非主流：

刺青师傅喜欢取个艺名对外，就好像他们的工作环境，只要一点灯光、一些艺术。一点黑暗中的疼痛，无须真实，快活就好。

"三只眼"，一听这名字，我职业病地脑补出一个长相可怕，甚至有点海盗模样的男人。

可我见到他尸体的那一刻，才发现太过误解——

他只是一个戴着眼镜、留着寸头、身高大约一米七二的年轻男人。

大门紧锁，我和明亦阳是从一楼没关的窗户进去的。

房间里很黑，厚重的窗帘将光线完全遮挡在外面。明亦阳拿出手机打开手电筒功能，发现客厅里的真皮沙发上抱枕乱丢，还有几条裤子，茶几上是吃完没扔的垃圾和薯片包装袋。

我以为"三只眼"这个点是在房间里睡觉，又或者是还没来。本想和明亦阳去他工作室看看有没有什么线索，踱步到一楼楼梯旁时，我闻到了血腥味。

当我和明亦阳到二楼时，就看到"三只眼"坐在椅子上，胸口插着一支铅笔，血从他胸口流下来一直沿着地板往前大概有一米远。

我愣了好一会儿，上前伸手去摸他的脖子，确认他已经没有脉动。

根据血的鲜红程度，还有血液的凝固程度，应该是死亡不到三个小时。

明亦阳皱眉："看来有人先我们一步。"

我环顾四周，靠左手边的橱窗半开着，里边陈列着很多蓝色文件夹，我拿出其中一本打开来，果然都是"三只眼"给客人设计的图案手稿，每一页都在右下角注明日期。

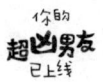

"明亦阳，快找一下，有没有空缺的。"

我和明亦阳把每本文件夹都打开来看，不一会儿，明亦阳说他找到了："六月十二号，这一页是空的。"

想来这一页，就是赵艳雪的刺青图案。

这时，突然从门口传来一阵清脆的"啪啪"声，我循声望去，一个女孩儿站在门口，一串钥匙掉在地板上。她瞪大眼睛望着"三只眼"的尸体，再看向我，尖叫着转身跑下楼。

明亦阳瞪眼："糟糕。"

我也知道很糟糕，这令人误会的画面，有一百张嘴也解释不清。

明亦阳拉起我就要跑："别怕，姜咪，我带你离开这里。"

我一个激灵，推开他："你疯了，我又没杀人，跑什么跑？"

窗外已经传来警笛声，明亦阳急得绕着我转圈："不管怎样，我们先离开这里再做打算啊。"

明亦阳可以带我悄无声息地离开这里，可我不能让他乱来。

警察飞快地踩着楼梯上来，莫初握着枪，看到我的刹那不由得怔住。

我被带回警局，还知道了另外一件事，昨晚赵艳雪的尸体莫名遭到破坏，身上的刺青被割走，连带法医那边拍摄下来的照片证据，也一同不翼而飞。

莫初说罢，顿了顿："姜咪，你好像并不意外。"

"我在'三只眼'的工作间里发现他的设计图纸有一页不见了，本来不确定是不是赵艳雪的，但你刚才这么一说，答案

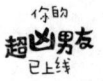

不言而喻。这凶手的目的是她背上的刺青。"

莫初问："你为什么会出现在那里？"

"我见到赵艳雪背上的刺青感觉很特别，可她家的保姆说她最讨厌虫子了，觉得奇怪，就想沿着这条线查一下，便查到了'三只眼'，没想到他……"我低头，这个时候我如实相告，会比隐瞒好。

莫初叹了口气，语气突然软下来："你应该告诉我的。"

我对上他担心责怪的复杂眼神，淡淡一笑："我是想真的查到什么再告诉你。"

"姜咪，这不是在画漫画，遇到危险可以化险为夷的。"莫初无奈表示，现在暂时还不能排除我的嫌疑，得把我拘留在局里。

他的同事带我进铁笼，我申请画纸，待着也是待着，到时候出去了没交上第一章节的画稿，编辑会直接弄死我的。

警察同志有些激动："我还是第一次拘了一个漫画家。"

"我也是第一次在警察局画画。"我笑笑。

明亦阳瞪着那警察，默念了几句咒语，警察立刻打着喷嚏走开了。

我用笔敲他的膝盖："明亦阳！我说没说过，你不能乱用法力。"

"我这哪算什么法力，你又不是不知道我是魔界弃子，顶多会一点咒语要要人什么的。他太烦人了，我只是想叫他离开而已。"明亦阳在我对面盘腿坐下，大长腿蜷缩起来十分费力。

我闷声说道："那也不行，在这个世界里，你就只是普通人。"

明亦阳摆摆手："好了，唠叨鬼。说正事，能神不知鬼不

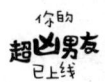

觉地从警局偷走赵艳雪的刺青、照片，还杀了'三只眼'，普通人根本做不到，更像是魔界的人做的。"

明亦阳之所以说像，是因为他和我都知道，魔界虽然不受控了，但他们只能根据我画出来的情节来采取行动，还不能主动来到这个世界自行调查。

我压低声音："你的意思是，有第三波人，觊觎树灵能源？"

明亦阳眨巴眼睛："或许，不是人……"

我倒吸一口凉气。

明亦阳忽然扑哧笑出声，指着我："看把你给吓得，如果不是人，他们直接让'三只眼'挫骨扬灰就好了，干吗还用铅笔插中胸口。"

我盯着他，在纸上迅速画下他的身形。明亦阳就在我面前慢慢站起身，不受控制地往牢门处走去，惊恐地瞪大眼睛问我："姜咪，你干什么？喂，你想干吗……啊！"

我在纸上慢悠悠地画下他的头陷在牢笼上的画面。

"姜咪，你快放开我！"明亦阳大吼大叫。

叫你逗我，我有的是办法整你。我慢悠悠地走过去："错了没？"

"姜咪。"明亦阳努力地看向左边，赔着笑脸，"我错了，我错了。你看你，其实我的意思是，能在警局里神不知鬼不觉地行事，比魔界的人更可怕。"

我擦掉夹着他的两条铁杆。

明亦阳把头一缩，吃痛地捏着脖颈。

我明白明亦阳的意思，暗处的敌人比明处的更可怕。

这时，警察同志走过来："姜咪同志，严冬要见你。"

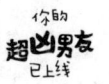

"严冬？"

我被安排到聆讯室，坐在冰冷的座椅上。明亦阳靠在一旁的墙壁上，双手抱臂："严冬为什么要见你？"

这时门倏地开了，严冬一身黑色西装，没有打领结，他向帮忙开门的警察同志点头致意，在我对面坐下。

我知道黑色玻璃那端一定有警察在注视，说不定我和严冬的对话都会被录音。

严冬的眼睛深不见底，他盯了我半晌后，语出惊人："你为什么要杀艳雪？"

我怔了怔："严先生，你误会了。我不是凶手，我没杀任何人。"

不料，严冬突然踹开桌子，起身跑过来猛地抓住我的领子大吼："说！你为什么要杀艳雪，为什么要杀人！你回答我啊！"他的脸近在咫尺，肌肉因为过于激动而抽搐，双眼布满鲜红的血丝。

我根本没反应过来，任凭他这样抓着。

这时，有人推门进来。明亦阳不等警察上前阻拦，冲过来抓开严冬的手大力推开，扳过我的双肩："姜咪，你没事吧？"

我轻轻摇头，赶来的莫初和另外一名警察迅速将严冬拉住。莫初拉下脸："严先生，这里是警局，请你自重！现在还没有证据指明姜咪小姐和这两起凶杀案有关，你不可以做出这么严重的指控！"

"那她也是嫌疑犯，不然她为何出现在这里？"严冬挣脱钳制，指着我，咄咄逼人。

莫初别过头，不想和严冬继续这个问题，示意同事带他出

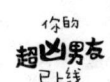

去。

我静静坐在椅子上，莫初把外套脱下来盖在我身上："对不起，你有没有受伤？"

我摇头，手不自觉地捏着衣角发抖，严冬突然做出那样的举动，我的确是吓到了。

莫初轻轻地握过我的手，目光温柔："凶器的指纹鉴定很快就会出来，到时候你就可以保释，我现在出去给你泡一杯咖啡。"

聆讯室里只剩下我和明亦阳，我看向明亦阳。

他和我都听到了，严冬凑过来时很轻而短促的话——"救救我。"

"先别打开，这里有监控。"明亦阳提醒我。

我手心里握着的好像是一个U盘大小的东西，明亦阳把严冬推开时，严冬给的，明亦阳转而塞到我手里。

严冬做出奇怪出格的举动，为了掩盖他的求救。

凶器指纹鉴定结果出来，铅笔上没有我的指纹，而且根据法医判断，那铅笔插进心脏的长度和力度应该是男人所为，我基本被排除嫌疑。

莫初坚持要送我回去，我推辞不过。

车上，我问莫初那药片查出来了没有。

莫初说："严冬没有说谎，药片是M国进口的阿米替林，属于镇静抗抑郁类的药物。经过比对，赵艳雪体内没有对这种药的中和反应，应该如严冬说的，是他自己服用。"

我又问："那他的经济状况有什么问题吗？"

莫初叹了口气："全都没有。他经手的几个项目，都有丰厚的利润。他和赵艳雪的夫妻关系外人称和睦，慈善晚宴前一天，严冬还在一家法式餐厅和赵艳雪吃了一顿烛光晚餐。"

我顿了顿："两个人是不是真的感情好，只有他们自己才知道。"话一出口，我就后悔了。这句话有太多敏感点，可我无心折射莫初和我。

余光处，莫初黯然垂眸。

我和莫初再没说过话。车在小区门口停下来，我关上车门，想了想还是说："别加班到太晚，注意身体。"

莫初一怔，点头，然后驱车离开。

明亦阳冷着脸瞅我："姜咪，好马不吃回头草，你刚才算什么？"

我低头松开紧握了一晚上的拳头，严冬给我的真的是一个微型U盘。

"明……"抬头间，明亦阳已经背对着我走出去老远，路灯拖长他的影子。我张了张嘴，还是掏出手机，按下一号键。

在那端，他驻足，接起电话却不说话。

我咧嘴轻唤："小亦亦。"

葛冉老师创作他时，给了他绝好的头脑，却没给绝好的情商，要哄他其实很简单。

果然，他闷闷地应了我一句："干吗？"

我说："一天没吃东西，饿得走不动了，你带我飞回家吧。"

他转身，飞快地跑向我，长臂将我一拦，微微挑眉："闭眼。"

我乖乖照做，一秒后，就出现在了家里的书房。

真棒。

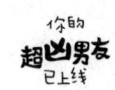

我推开他，拉过椅子，把笔记本电脑拖过来，插上U盘，迫不及待地想看严冬塞给我的到底是什么。

　　可是很快，我发现我必须再次求到明亦阳。

　　屏幕上一堆乱码，我看不懂是什么。

　　明亦阳坐在沙发上吃了两口手工饼干，扔掉，故意不搭理我："这饼干真难吃，我得去做点意大利面吃吃。"

　　"小亦亦，我现在就去给你做意大利面，你帮我看下这些是什么东西。"我飞快起身，拉住他。

　　"你不是饿得走不动了吗，还有力气做饭？"明亦阳这家伙逮着机会就损我的设定，可不是我弄的。

　　我挤笑："为你做饭，我就有力气。"

　　他眉眼得意翻飞，灿若星火。

　　我用一碗肉酱意大利面，换来乱码内容。

　　这是一个账本，资金流动量庞大，而且账本的户名也是用数字代替，从数字来看是有规律的，如果能找出这个规律，户名指代的人也就会浮出水面。

　　得到这个结果，是在六个小时之后了。

　　晨光微亮，明亦阳伸伸懒腰，推醒把第一章画稿发给编辑之后就开始打瞌睡的我。

　　"这一定是严冬掌握的X集团一些高层或者一些相关人员的犯罪证据。"明亦阳跷着双脚在桌面上，将空碗往旁边一推，"严冬把这个交给你，让你救他，说明账本里的这些人已经盯上他了。"

　　我皱眉："我们现在分析一下情况。我们拿着邀请函去参加X集团的慈善晚宴，大小姐赵艳雪死了，她背上的刺青不翼而飞，知道刺青内容的'三只眼'也被灭口，我出现在案发现

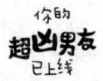

场，被当成嫌疑人拉到局里，一开始的怀疑对象严冬却没有任何证据佐证，他来到警局突然指控我把这U盘交给我，让我救他……"

明亦阳说："赵艳雪的死，他不是局外人，这一点是肯定的。"

我点头："没错。他断定我和这事无关，会从警局出去，所以才把U盘交给我。"

明亦阳拿纸巾擦嘴："我们倒着推一下，既然严冬不是局外人，那么他是不是知道杀死赵艳雪的凶手是谁，这个凶手他动不了，所以他不敢说出来。凶手是账本里的人。"

我意识到重点："严冬为什么会选择让我去救他？又或者说为什么觉得我会去救他？"

比起我，他为什么不相信更有追查能力的警方？

我对上明亦阳的眼神，不约而同地打响指："寄晚宴邀请函的人，是严冬。"

如果是这样，那一切就能串起来了。

我望着泛着幽光的屏幕，幽幽开口："明亦阳，那为什么严冬不等我出来再把U盘给我，而是非要在警局用那样的方式？"

这时我放在桌面的手机嗡嗡振动，明亦阳瞟了一眼："是莫初。"

我接起，莫初的声音有些兴奋："姜咪，严冬来自首了。"

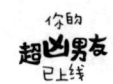

第二章
承蒙马屁，勉强接受

　　原来这就是严冬不等我出来后再给U盘的原因，他等不到。

　　严冬交代了整个犯罪过程。我赶到警局，莫初刚从聆讯室出来，他疲惫地捏捏鼻梁，把文件合上，看到我："你来了。"

　　我点头："你说严冬要见我？"

　　莫初点点头："他只交代了赵艳雪的死，并不承认杀了'三只眼'。"

　　"那赵艳雪背部被割走的刺青，还有那些照片呢？"

　　莫初摇头："他说他都不知道。"

　　我垂首沉默了一会儿："他是怎么交代赵艳雪的死的？"

　　严冬承认他和赵艳雪长期分床睡，感情并不像外界看上去的那么举案齐眉。

　　赵艳雪脾气暴躁，在性事上还有很多变态的癖好。

　　慈善晚宴前夕，赵艳雪发现严冬在服用精神类药物，怀疑他最近的不配合，是药物使然，两人发生争执。

严冬忍无可忍，杀心骤起。

慈善晚宴上，他算好时间，故意走开，在助手的见证下接了一个电话，再和几个商界朋友聊上几句。

赵艳雪为了在公开场合展现最佳体态，都会从这天早上开始不进食，而是吃两片营养片来维持体力。

严冬将氯化钾提纯，用氢氧化铝作为包裹制成药片，哄骗赵艳雪服下，晚宴上她一定会喝酒，液体催化氢氧化铝，氯化钾跑出来。

没有任何人接触赵艳雪，她就会按照预计死在晚宴上。

"看来不是谁都能当豪门女婿的，得有脑子。"明亦阳听罢，得出心得。

我怔了怔："这样一个完美计划，如果不是严冬自己说出来，是很难发现的。"

"嗯，没错，所以他的主动自首，显得更可疑。"莫初顿了顿，"他为什么坚持要见你呢？"

我心下一紧，讪笑："可能是想向我道歉？"

我跟着莫初到聆讯室，严冬表示要单独和我谈谈。

莫初出去关上门。

严冬靠着椅背，很长一段时间在打量我，然后嘴角带笑。

没错，尽管他的笑意藏得很深，但我依然看到他是笑望着我的。

我问："你为什么要来自首？"

严冬反问："那你呢，你为什么一开始就怀疑我？"

"因为你看到赵艳雪的尸体，反应不对。可是现在没有任何实质证据，能对你不利。"

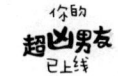

严冬双手垂到桌下，手臂放在桌面。明亦阳注意到了他这个看似随意的动作。

"原来我输在不爱她上面。"严冬视线迷离深远，片刻后他回过神来，"法网恢恢疏而不漏，迟早的事而已。"

我静默片刻："那你为什么要见我？"

"听说你是当红漫画家，正在接着创作大师的遗作，我知道你第一章的内容就是画我太太的死。"严冬歪头，如谜的表情突然闪过一丝戏谑，"我想把我的杀人感言放到你的漫画里。"

我一愣，皱眉："你怎么知道我的第一章是什么内容？"

严冬眼底闪过一丝紧迫，直勾勾地看向我："那年桃花树，此生可追忆。"

"什么？"

"这就是我的杀人感言。"严冬目光用力，似在向我传达更深的含义。

这时，莫初和另外一个警官开门进来，示意单独谈话的时间到了。

我起身，问了严冬最后一个问题："赵艳雪后背的刺青到底是什么？"

严冬瞥我的眼神诡异非常。

莫初轻拍我的肩："你的黑眼圈很深，都快成熊猫了，是不是赶稿又赶到很晚？事情总算告了一个段落，你需要好好睡一觉。"

我看到严冬紧锁的眉头稍稍松开。

赵艳雪这桩轰动命案，现在随着严冬的主动交代，总算可以画上一个句号。

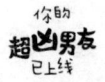

虽然刺青和照片，还有"三只眼"的死还需要继续追查，但莫初至少能缓一口气。

明亦阳蹭我的手肘："看什么看，警察这边是告一个段落了，但我们这边刚开始进入正题呢。"

走出警局，明亦阳告诉我，刚才严冬在桌子下用了摩斯密码。

我有些意外，桌子没有任何振动，很显然，严冬是知道在聆讯室所谓的单独谈话都是暴露在警察眼皮底下的。他做的一定非常隐蔽，保证不被注意。

明亦阳迎上我探究的目光，点头："他知道我的存在，他是给我看的。"

"他说了什么？"

"快去找赵艳雪的刺青，接下来我会疯。"

我陷入一阵震惊之中，严冬知道明亦阳的存在，那么也就是说他知道我漫画的秘密？对啊，上次那个U盘也是严冬直接塞给只有我能看见的明亦阳的……

我倒吸了一口凉气："明亦阳，我现在脑子很乱。"

"现在可以知道的是，赵艳雪的刺青就是我们要找的树灵能源的线索。"明亦阳看向我，"严冬主动自首，是为了保命，或许坐牢才是他最后的希望。我们找到那个刺青，就能救他的命。"

我的脑海里闪过无数片段，在停尸房外迎面而来的严冬，他抓着我的衣领用狰狞的表情说"救我"时的情景，以及刚才他几个蕴含深意的眼神。

"那年桃花树，此生可追忆……"我身上如电流滑过一般，"这一定是严冬给我的提示。对，没错，就是这样。"

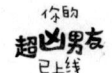

我抓住明亦阳的肩："那个U盘里的账户代码你必须赶紧弄清楚，这样就能警告他们不要轻举妄动，否则就把这些犯罪证据大白于天下。看样子，严冬知道的事比我们还要多，他不能死！"

明亦阳双手叉腰，歪着脖子道："严冬肯定会请律师，他有服用精神类药物的病史。他说他接下来会疯，应该是以这一点来规避坐牢而去精神病院，警察整理出物证、供词什么的起诉他……我们大概有三天的时间。"

我忐忑地问："有信心吗？"

"我做事不讲信心，讲究概率。"明亦阳话音刚落，肚子唱起空城计，他缓缓垂眸盯着肚皮，"现在概率为零。"

我看时间，时针指向早上十点。他指着对面高楼一家豪华餐厅："正好，我们去那里吃早餐。"

"你还真会指。"我白他一眼。

他摇晃手机，大长腿迈开："餐厅推荐指数五颗星，应该比你的厨艺好十倍。"

餐厅位于五楼，我和他进电梯，同时进来的还有一个约莫十岁的小孩儿和一个女人。

小孩儿握着手机，专心致志地看着，我瞄了一眼，是我的漫画，昨天刚更新的内容。

女人飞快地抽走小孩儿手上的手机："宝宝，你都看了一路了，别再看了，小心等一下爸爸说你。"她看着手机还想要继续说时，目光却被手机画面上的内容吸引，小孩儿不高兴地又责怪起女人来。

这时他们按的楼层到了，女人抬头，领小孩儿出去，只是一眼，我瞥到手机画面似变成灰色了。

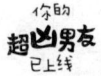

门关上的瞬间，明亦阳突然捂着胸口表情痛苦。

我大惊，扶住他："魔界的人已经追过来了是不是？"

明亦阳喘气，声音冰冷："我感觉到他们就在附近。"

这时，电梯再次叮咚开了，我们抵达五楼。

红色地毯铺在冰冷的瓷砖上，有悠扬的钢琴曲传来。我和明亦阳从电梯里出来，他往右边看去，长廊很安静，没有人。

餐厅里已有客人入座用餐，几个服务生在做早晨的清理工作，透明玻璃窗半挂下紫色窗帘，明亦阳拉过我的手让我走在他的后边。

我们走到餐厅门口，女服务生甜甜地说"欢迎光临"。

我感觉到明亦阳握着我的力道越发紧。

他说："他就在这里。"

可不知道是谁。

靠窗边有两张桌子，分别是一家三口和一对情侣。

我没看到熟悉的脸。

我和明亦阳挑了靠门的一张桌子坐下。我打发服务生离开，然后拿着菜单挡住嘴："你说他们来到这里后，会不会换了脸？"

明亦阳瞥了我一眼："你脑洞会不会开得太大了点？"

就在这时，洗手间那边突然传来一阵大叫："死人了，死人了！"

我和明亦阳面面相觑，只见一个黑影从里边跑出来，速度很快，明亦阳嗖地拍过桌面，飞身而过追了过去。

我想也没想就追了上去，心突突直跳，餐厅里的慌乱和尖叫都被甩到耳后，脑子里只有一个念头——

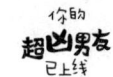

魔界使者终究冲破我设下的关卡，从漫画世界来到了现实世界。

那个黑影，虽然只看了一眼，但是我确定，就是铩羽。

追踪树灵能源，魔界派出三名使者，分别是铩羽、玄凤、子星。

铩羽为首，他对明亦阳有一种特殊的偏执情感。

出神间，我跟着他们两个已经跑进了安全通道，借着幽暗的通道绿光，我看清他们两个正在交手。

灯光太暗，我只能凭着身形分辨他们。

按照葛冉老师的设定，明亦阳的身手和铩羽不相上下，明亦阳比不过的是铩羽的狠劲，但几番纠缠下来，我发现铩羽并不想和明亦阳正面交锋，他着急想走。

铩羽被纠缠不休的明亦阳激怒，他右手握拳往回缩，很像要施展法力，情急之下，我出声提醒明亦阳："小心！"

铩羽抬头看到趴在扶手上观战的我，瞬间转移攻击对象，飞身踩上扶手就要拉过我的衣领，将我扯下来。

我瞪大眼睛，他阴冷的手离我的瞳孔越来越近！

说时迟那时快，明亦阳抬腿踢掉他的魔爪，下一秒出现在背后扶住踉跄后退的我。

铩羽趁这时逃走。

我回头和明亦阳不约而同地问对方："你没事吧？"

他脸一红，目光灼灼地看着我："你真笨，我身手非凡，怎么会有事。"

我盯着明亦阳，奇怪刚才铩羽明明可以使用法力，但是他却没用。

"你是不是很崇拜我？老实说刚才要不是救你，我可以让他束手就擒的……"

我推开他放在我腰间的手，呵斥他闭嘴："给你点阳光就灿烂。在漫画里，前面几回，你好几次被铢羽收拾惨了，他刚是没用全力，你嘚瑟什么？"

明亦阳恼了："喂，还有好几次我把他打得遍体鳞伤你怎么不说啊？"

"嗯，你也挂彩不轻。"

"……"明亦阳眼珠子瞪出，恨不得给我脑门儿几个糖炒栗子。

看着他看我不爽又干我不掉的样子，我突然明白过来，魔界的人冲破漫画，来到这个世界，他们的能力就会削弱，这就是守恒定律的原理。

想到这里，我拿出手机，打开自己的漫画网站，看到第一章的内容下多了一幅画：明亦阳和铢羽打斗，最后定格在明亦阳抱住我，我转头看他的画面。

下面有人留言：

咦？这是额外彩蛋吗？

还是另一条暗线？

哇，好精彩啊……这位新女主为什么没有正脸啊？

"姜咪，你连背影都这么美。"明亦阳把脸凑过来，拍马屁。

魔界的人虽然在现实世界能力削弱，但他们还是能够操控我的漫画。

我和明亦阳回到餐厅，服务生已经报警，警察还没有来。

尸体是在洗手间发现的，领班将洗手间封闭，不让客人靠

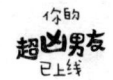

近，以免破坏现场。

发现尸体的服务生失魂落魄地坐在一旁，显然还没从刚才的惊魂一幕里回过神。听他陆陆续续的陈述，死者是男性，点了几样餐点准备打包带走，中途说去上洗手间，结果许久没有出来。

明亦阳盯着那个服务生的工作牌，若有所思。

"我在这里上班五年了，第一次发生这样的事情……"服务生捂脸。

"所以，B5201，是这个意思？"明亦阳插话问我。

我虽不明白他为什么执着于一个服务生的工作牌，但也只好重复了一遍问题。

服务生说他们餐厅是Z国香市一家食品公司旗下的品牌连锁，服务生都有品级晋升，资历越久，薪水自然越高，今年是他在这里的第五年，年初时经理给他换了工作牌，"B5"是他的品级和工龄，"201"是他的工号。

明亦阳微眯眼眸："会是这样吗……"

我没听懂。

这时，警察来了。明亦阳看向门口，不屑地挑眉："警局就他一个警察的吗？"

我回头，莫初也看到了我。

才从警局告别，几个小时后又见，也是蛮尴尬的。

莫初走上前："你怎么没回家睡觉呢？"

"我是打算到这里吃个早餐再回去休息的，没想到就发生了这事……"我耸肩，表示无奈。

莫初要对服务生录口供，我退到一旁，看着几个警察把死者抬出来。死者是个中年男子，略胖，穿着很普通的条纹衬衫、西裤，外表没明显外伤，脖子上有几道黑色手指印。

明亦阳双手抱臂和我并肩："走了，回家吃饭吧，就别在这里打扰莫警官做事了。"

我看他："不了解一下死者资料吗？铩羽杀他，一定和树灵能源有关。"

"我会查，不必事事劳烦莫警官。"明亦阳瞪我，"你老缠着他问这问那，不怕他怀疑你啊？"

我一时语塞，他的话似乎有理，可就是态度不太对。

和莫初打过招呼，我和明亦阳走出餐厅。阳光刺眼，我用手背去挡，结果腰间传来一阵刺痛："啊……"

"怎么了？"

"我的腰……好像扭到了。"我捂着左腰，抿唇，兴许刚才神经太紧绷，没发现。

"你这个笨蛋。"明亦阳皱眉，在我面前蹲下，"上来。"

我怔了怔，伸手推他："不行，会被人看到我悬在半空中的。"

明亦阳作势就要来抱我，我再次拒绝："我说过了，不能乱用法力。"

明亦阳黑下脸："那打车。"

这个主意不错，我歪着身体，正要抬手去拦出租车，突然听到明亦阳说："如果我不是漫画人物，就能光明正大地背着你。"他侧过脸，视线垂向地面，光线倾斜着他的影子，整个人很低落。

"明亦阳……"

一辆出租车停下来，司机按喇叭。我回神，拉开车门，他

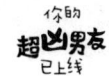

走过来扶着我慢慢上车。

一路上，明亦阳都看向车窗外，十分安静。

回到家，明亦阳挽起袖子进厨房熬粥，我趴在客厅的沙发上赶画稿，严冬的那句"那年桃花树，此生可追忆"，我犹豫半晌，还是写进对话框里。

这是第二章最后一景。

明亦阳把粥放在盘子里端过来，他还蒸了几个我最喜欢吃的豆沙包，随即坐到一旁，拿起电脑，修长的手指飞舞在键盘上，神情严肃。

他介意无法切实地给予我关怀。

其实，对于深度宅的我来说，他比这个世界上任何一个人都更真实地存在于我的生命里。

我想了想，拿起笔，在空白页将他和我此时的画面画下来。我在"我"的头顶上方画出一个很大的对话框，往里边写字——

"如果你不是漫画人物，我就没办法和你遇见。"

"如果你不是漫画人物，我不知道一秒回家的感觉是怎样的。"

"如果你不是漫画人物，我不会比你自己还要了解你，其实你有多可爱。"

"如果你不是漫画人物，姜咪就不会那么喜欢明亦阳。"

最后一句，我想了好久。看着他始终都黑沉着的脸，我突然就冲动地冒出这句。

写下后才觉得好肉麻，可又是内心真实的感受——

在我接过葛冉老师的遗作，在我真的和他遇见后，在他现在是我笔下的男主角后。

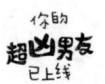

作为漫画家，作为朋友，姜咪一定是喜欢明亦阳的。

明亦阳的手指在键盘上就没停下来过，我气急败坏地把笔扔向他。他捂着脑袋，装呆地看向我："干吗？"

"还问，你明明就听到了！"我涨红脸，天知道我很不会安慰人。

"听到什么？"明亦阳怔了怔，眼珠瞥向右边，脸上缓缓漾开笑，"最后一句，我喜欢听。"

他傲娇得意的样子让我不禁红了脸，我嘟着嘴说："那心情好点了没有？"

明亦阳勾唇，把电脑转过来："我刚刚在解账户代码，服务生工作牌的事给了我启发，我想按照这个套路试试看，能不能从X集团把这些人找出来。"

"是吗，现在怎么样了？"我激动地抬下巴，结果腰又闪到了，这次撕心裂肺作痛。

明亦阳叹了口气，放下电脑，过来轻轻地将我扶起，端起粥喂我："我侵入X集团的人力资源档案库，电脑正在按照几个条件进行自动删查，需要几分钟的时间。对了，我还查到被铩羽杀了的那个男人，名叫白宇，四十岁，本市人，生前就职一家贸易公司，担任行政部主管一职。"

"一个普通的白领……铩羽为什么要杀一个普通的白领？"

明亦阳看向我："你第一章已经上传，'三只眼'工作室丢失的六月十二号那张手稿还没有找到。"

"你是说手稿在白宇的手里？"我瞪大眼睛，难道说铩羽已经抢先我们一步？

明亦阳温热的大手按住我吃痛的腰部，幽幽开口："或许

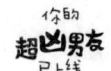

我们还有机会。"

"怎么说？"

"你还能动吗？"明亦阳却突然问我。

我眨眼，他捏了一个豆沙包塞进我嘴里，扑过来……

下一秒，我就来到一间陌生的公寓。

公寓很大，大概有上百平方米，家居以白色为主，地板、家具都十分奢华，空气里弥漫着淡淡的油漆味，好像是近期装修的。我看向明亦阳："这是哪里？"

"白宇的家。"明亦阳环顾四周，见我没说话，提高嗓门辩解，"拜托，时间紧迫，我这算是法力用到对的地方吧？"

我耸肩，按着不灵活的腰："我有说什么吗？"

客厅的抽屉、房间里的柜子，能放东西的地方都被拉了出来。看来铩羽已经来找过，我心情沉重："你说他是不是已经找到了？"

"不会。"明亦阳摇头。

我诧异他的笃定。他睨我，顿了顿："按照他的性格，如果他找到了，就会一把火烧了这里。"

虽然这理由牵强，但我的心稍宽慰了些，重点是我相信如果六月十二号的手稿真的在白宇手里，他一定会藏得很隐秘，而不是触手可及的地方。

"我们现在是根据铩羽杀了白宇，确定白宇手里有'三只眼'工作室消失的手稿，那么白宇就是杀死'三只眼'的人吗？警方查出那支铅笔上没有我的指纹，也没有任何人的指纹，调取监控，没有发现有人进入过'三只眼'的家，就连那个来开门撞见我的姑娘都提供不了有价值的线索。铩羽是怎

038

找到白宇的？"

我开始整理思绪，魔界失控，铼羽有比我们快一步找到树灵能源的可能，可单凭他们，绝不可能抢先这么多。

"你说到了重点，监控。"明亦阳食指点在下巴处，"'三只眼'的死，没有监控，割走赵艳雪的刺青拿走证物照片的人，同样躲过了监控。"

我灵光一闪："你想说什么？"

"警局有他们的人。在赵艳雪这条线上，'三只眼'、白宇很有可能只是他们的棋子。除了我们和魔界在找树灵能源，这个'他们'也在觊觎赵艳雪的刺青图案。"

"你是说这个他们，也知道树灵能源的存在？"我皱眉，"不可能的……"

"按理说树灵能源除了我们和魔界的人，不会有第三方知道。"明亦阳顿了顿，用一种难以言说的眼神望着我，"可是严冬居然知道我的存在，现在我不确定了……"

这时，门外有动静，明亦阳带我先离开。

回到家里的客厅，我把希望都寄托于账户代码的搜索结果上，没想到明亦阳盯着电脑，皱眉道："全没了。"

电脑屏幕上一片空白，那个U盘也不见了。

我一时没回神，明亦阳跑到里间的电脑翻出监控记录，是铼羽。

铼羽拿走了U盘，清除了电脑记录。

我没有期望明亦阳还能翻出备份来，只是问："那些账户代码，你记得多少？"

"前面的两三页。"明亦阳沮丧地跌坐在沙发上，"真没想到铼羽会来个回马枪，现在我们手里什么都没有了。"

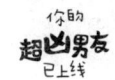

"也不是什么都没有，我们还有严冬。"我抿唇。

明亦阳看着我，神情有些凝重："你是画漫画的，一般情节发展到这里，会有绝处逢生吗？"

我明白他的意思，按照套路，这里会让唯一的希望也断掉，故事走向才会变得更加有趣。

压抑的气氛里，我突然想到莫初的话："可是我们现在不是在漫画世界，而是现实世界。"

我和明亦阳坐出租车去警局，等红绿灯时，我看到商店外挂的大屏幕在播放新闻。X集团千金赵艳雪是被丈夫严冬所杀，一对童话里的佳偶天成破灭至此的新闻还在冲刷众人的眼球。

我正要收回视线，这时主持人插播一条最新消息：严冬突然情绪失控，做出自残行为，现在被转送至医院。

画面切到警局门口，严冬满身是血被抬出来送上救护车，大批记者围堵警务人员，逼问是不是对严冬动用私刑，强行逼供等揣测。警方没有回应。

一石激起千层浪。

明亦阳在我手背"弹钢琴"："看，我说什么来着。"

我心下一沉，打电话给莫初。莫初语速飞快："一切发生得太快，我们还没弄清到底是怎么回事，他失控之前一切是正常的。姜咪，先不和你说了。"他匆匆挂断电话。

一种很不好的预感萦绕在我心头，现在唯一可以问的严冬也住进了医院，不知道伤势如何。

明亦阳把耳朵贴过来，听到莫初的话，歪头问我："严冬这疯了的节奏有点快呀。"

我冷冷地往车门边挪，拿着手机打掩护："还不是你乌鸦

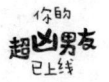

嘴。"

明亦阳收起玩笑脸，握住我的手："别急，等严冬醒了，我们想办法见他一面。"

我点头，现在看来，也只能如此。

这时明亦阳使法力让出租车出了故障，司机师傅将车靠边停下来，还特别抱歉地说不要车钱了，我硬是塞了他一张十块的。

站在路边，我瞅明亦阳："你搞什么鬼？"

明亦阳直勾勾地看向街对面："看，那边有一家跌打馆，你的腰这么容易扭伤，还不是整天坐在那里画画造成的职业病。正好，现在我们什么也做不了，让师傅捏捏你的腰。"

我瞪眼："谁说我们什么都做不了，你脑子里不是还有好几页的账户代码吗？"

他不由分说地拉我过马路："那东西我来搞定，有你什么事。"

三分钟后，我趴在床上，跌打师傅往我腰上熏艾灸，和我聊起天来："姑娘，你这怎么扭伤的呀？"

"在楼梯上没站稳。"我挤笑。

"我说姑娘，你得小心一点啊，你这腰有点硬。"跌打师傅扯着大嗓门，我的耳朵真难受。

"腰硬？"

"对，就是俗称的老腰。现在的年轻人啊，常坐办公室，一坐就是一整天，得注意啊。"

我看到明亦阳扑哧笑出声，一边在纸上算代码，一边好整以暇地念叨："老妖……"

一个没忍住，我就把垫着下巴的枕头往他身上扔。跌打师

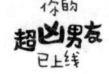

傅愣住。

"哦，师傅没事，刚才我见跑过去一只老鼠。"

明亦阳被我赶了出去，我以为能消停些，随着腰间热热的，扭伤的感觉好很多，结果突然被一阵女巫般的尖叫给吓得弹起来。

跌打师傅拿着艾灸棒往后退了些，连忙安抚我："没事没事，可能是旁边的女巫婆来客人了，在收惊。"

"什么？女巫？"我傻眼。

"我们这条街啊，开什么的都有，什么算塔罗牌的、捉鬼的，不过这里都是纳入拆迁工程的老房子，隔音不太好，所以常常会听到这些有的没的，我们都习惯了。"跌打师傅无奈地笑，"姑娘您以后经常来，也会习惯的。"

我无语："常常听到？会有人信这些？"

"姑娘，天地之大，无奇不有。这东西啊，信则有，不信则无。"跌打师傅煞有介事地教育我。

我不说话了。也是，我笔下的漫画人物都有血有肉了，还有什么是不可能的？

这时明亦阳回来："你猜我刚刚看到了谁。"

我噘嘴以示回应。

"'三只眼'的助理。"

我怔了怔。

"就是那个把钥匙掉地上，冲你尖叫的姑娘！"

我用口型问："在哪儿？"

明亦阳指了指隔壁："在女巫馆里。那个女巫婆装神弄鬼的，骷髅链子挂了好几条在脖子上，冲着那姑娘又是撒米，又是抛纸钱的。"

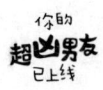

看来是目睹"三只眼"的死状，这姑娘吓得不轻，所以病急乱投医地找女巫收惊来了。

艾灸烧完，跌打师傅让我动一下看看。我迟疑地往左边转转，动作像个老太太。

还别说，真的不疼了。

算是见识到了中医的博大精深。

接下来，我得见识一下这巫术是否也同样了不得，我和明亦阳溜到隔壁女巫馆。

不知道是不是老房子的缘故，这女巫馆没有太多装饰，门口连个牌子都没有，门面像20世纪理发店。我推开吱呀乱叫的木门，女巫难听撕裂的号叫声扑面而来。

这时，一个身材瘦小的小女生踱步过来："苑大师正在接待客人，你得在这里等一下。"

"苑大师？"

小女生一头齐刘海儿短发，刘海儿有些长，她又略低着头，突然抬眸，那阴森黝黑的瞳孔吓了我一跳。

"你不是来找苑大师的？"

"哦，当然是。我是……慕名而来。不知道你们苑大师都擅长什么？"我打手势，"比如让死人还魂什么的。"

明亦阳吸鼻子，浅笑出声："如果她真的擅长，直接让赵艳雪跳起来告诉我们，那幅刺青图到底在哪儿。"

这时号叫声停止了，黑色布帘被人掀开，我看到"三只眼"的助理从里边出来。她像很多从医院里看完专家的病人一样，表情舒缓又疲惫。

她看到我，有些意外："你怎么会在这里？"

"哦，我也是来找苑大师的。"我顿了顿，"这么巧。"

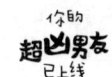

她瞥了我一眼，看向短发小女生："苑大师说她累了，今天我是她最后一个客人。"

　　小女生点点头，收下钱后就往里走。

　　她走到我跟前，微微蹙眉："怎么，警方有抓到杀死老板的凶手了吗？你特意来这里找我？"

　　我与明亦阳对看一眼，刚要张嘴，她越过我往外走。明亦阳眯眸："看来那天莫初对你的百般关怀，她都看在眼里。"

　　如果说她知道我和莫初认识，而我作为杀死她老板的头号嫌疑犯被抓进警局，又很快放出来，她对我至少有些许敌意、不信任，或者是抵触之类的情绪。

　　可她看我的目光没有任何情感。

　　走出女巫馆，我追上她："能和你聊两句吗？"

　　就近找了一家咖啡店，我和她相对而坐。

　　我问她："我叫姜咪，你怎么称呼？"

　　"我叫徐颖影。做'三只眼'的助理差不多一年了，平时我的工作就是照顾他的日常生活，买菜、打扫，以及购置颜料之类的事情。'三只眼'死的前一天，他照常给到了预订时间的客人刺青，没有什么异常。这些，你的警察朋友应该都有和你说。"徐颖影一口气说完，顿了顿问我，"你还想从我这里知道什么？"

　　我也不兜圈子："'三只眼'死的前一天晚上，有没有可能会见朋友？或者是别人？"

　　"不可能。"她答得飞快。

　　"为什么？"

　　"我的老板，他没有朋友。"徐颖影抿了一口咖啡，继续看向我，"他不仅没有朋友，也没有家人，他是个孤儿，平时

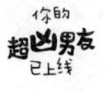

会见的只有客人。我做了他助理这么久，唯一知道他曾经有个女朋友，不过她早已在伦敦结婚生子。"

明亦阳提醒我问白宇的事。

"那么他的客人里有没有一个叫白宇的人？"

徐颖影这次没有答得飞快，伸手握过咖啡杯："这个我不确定。'三只眼'是刺青圈里顶级的刺青师，他现在的客人大多是上流社会的名人。名人圈范围很小，在我的印象里没有叫白宇的人，不过也不能十分确定，得看一下客户名单。"

"她在回答你上一个问题时，'三只眼'换成了'我的老板'，代表她主观意识非常肯定，而她回答你这个问题时，指代词换回了'三只眼'，这是一种疏离反应，回答里多用了'不确定''大多''范围''确定'这样似是而非的词汇，和回答上一个问题的斩钉截铁，截然相反。而且听到白宇这个名字，她回避你的眼神，身体微微往后靠，伸手把咖啡杯放到自己胸前，这是隔离和逃避的反应。"明亦阳语速像火箭，"以上，徐颖影在撒谎，她知道白宇。"

我没说话。

徐颖影皱眉："现在你是在代表警方在问我话吗？"

我摇头："不，我是代表我个人。'三只眼'死亡现场，我成了犯罪嫌疑人，虽然法医证明杀死'三只眼'的是男人，我被放出来，但我也想找到那个真正的凶手。徐颖影小姐，你想找到那个凶手吗？"

明亦阳挑眉："干得漂亮。"

徐颖影沉默一秒："当然。"

"那你知道六月十二号那天的手稿图在哪里吗？"

徐颖影张了张嘴。

我把钱放到桌面，点头致意，转身离开。

明亦阳啧啧拍手："姜咪，你最后两句真是太精彩了，大有得我真传的意思。这次意外的收获真是不少。"

"怎么敢当，你分析得好，我才能乘胜追击。"我的脸微微泛红。

"就只是我分析得好吗？要不是我把你拉到这跌打馆……"

原路折返，我看到那个短发女生端着一个盆子走出来，风吹起，里边的东西稍稍飞起些，远看去好像是纸钱。

明亦阳还要絮叨什么，我一把按住他的嘴巴，示意他安静跟来。

跟着那个小女生绕到店面后头黝黑的小巷，她把盆子里的东西往垃圾桶边一倒了事，转身返回。

我赶紧往一旁的店面门口缩，明亦阳挡在我前面："姜咪，没事，有我挡着你。"

"……"我真想提醒他这个呆子这么做是徒劳，可看他全心全意的模样，只好闭了嘴巴。

待短发女生回店里后，我和明亦阳跑到垃圾桶边，将东西拾起来，都是一些写着咒语符号的纸钱。

这时明亦阳把一张纸递给我："你看，这是什么。"

纸上是用毛笔写的悼词，抬头是白宇。

"这个徐颖影不是因为'三只眼'的死，来这里找的女巫。"明亦阳看向我，"是因为白宇。"

我倒吸一口气，今天的意外收获，真是不小。

回到家，明亦阳把记下来的两三页账户代码重新写出来，

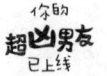

并再一次套着X集团人力资源档案库进行比对，得出了三个人，分别是赵艳雪、赵志芳、赵远山。

赵志芳是赵艳雪的妹妹，赵远山是赵艳雪的叔叔。

两个人都是X集团的股东，不同的是赵志芳只有百分之三的股份，而赵远山有百分之四十的股份。

小股东和大股东，在X集团的地位天壤之别。

"他们两个人差别那么大，可出现在同一个账本里，我记得……他们账户的金额好像是不相上下。"明亦阳挑眉，"你说这是不是很有意思？"

像这种家族企业，本来就会有很多不为人知的秘密，用华丽的外衣包装黑暗的内在，我并不感到意外。

我关心的是，他们和死去的赵艳雪，在树灵能源这件事上充当了什么样的角色。按照最开始的设定，我让明亦阳匿名寄威胁信给赵志芳和赵远山。

保护严冬之余，也起到敲山震虎的作用。

明亦阳还弄了第三封信，他说是给徐颖影的。

我逗他："情书吗？"

"别闹，她可不是我的菜。"明亦阳白了我一眼，"我是在想，她会去找女巫收惊，可见白宇的死对她来说很突然，打击很大。如果有一个人说知道杀白宇的凶手是谁，她一定会答应对方的任何条件。"

我眼睛放光："你是指那张刺青图？"

"嗯，可以试试。目前，知道她和白宇有关系，是我们最大的进展。"

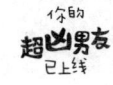

第三章
他和我，是绑定在一起的

明亦阳说得没错，铫羽偷走U盘，破解后掌握到的资料会比我们详尽，徐颖影这条线是我们扳回一城的突破口。

第二天一早，我去租车行租来一辆绿色吉普车，载着明亦阳当起了信件投递员。

用最原始的方法，才能避开警方的视线。

赵志芳和赵远山住在同一小区不同栋，而他们居住的高档别墅区，外部车辆不允许进入。

我看向迟迟没动的明亦阳："他们别墅的距离，离我太远了是吗？"

明亦阳点头，指着电脑屏幕上的小区3D图纸算距离："赵志芳的12栋我可以投到，赵远山的22栋，我没办法。"

明亦阳是我笔下的漫画人物，所以他必须和我待在一起，和我分开的活动范围不能超过一公里。

我若受伤流血，他就必须回到漫画里去。

所以从某种意义上来说，他和我，是绑定在一起的。

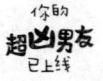

我思考片刻："那你就把给赵远山的那封信也投进赵志芳的邮箱里去。"

明亦阳愣了一下，瞬间明白了我的意思。

他露出洁白的糯米牙，伸手宠溺地我的额发："等着。"

我怔了怔，一时失神在他的宠溺中，听着车门轻轻关上的声音才回过神来。

都怪我和葛老师都把他创作得太过完美，我才会时不时地这样失控。

投给徐颖影的第三封容易很多，她住在旧式公寓里，保安形同虚设，大门敞开，随意出入。

我和明亦阳坐在车子里，停在徐颖影楼下，观察动静。

明亦阳说信箱里有刚送到的牛奶，所以徐颖影应该很快就会下楼来拿。

果然，他话音刚落，徐颖影就下到一楼，熟门熟路地开了自己的信箱，拿到牛奶的同时也注意到了我们投递的信。

我们信里的内容很简单，只有一句话：

想知道杀死白宇的人是谁，就拿我最想要的东西来换。

末尾附上了时间、地点——

下午两点，时代广场6号区。

如果她知道答案，就会把东西拿来。

徐颖影很惊慌，往四周查看，车里的我稍稍低头，看到明亦阳也跟着缩脑袋。

见我望着他，他局促地扬唇："本能反应，本能反应。"

我探出一点视线，看到徐颖影飞快地跑上了楼。

这时明亦阳把耳机递给我："姜咪，你听。"

耳机里先是一阵嗖嗖的气流，然后是踱步的声音，紧接着

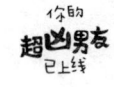

一个女人开始低声说话："这到底是怎么回事，赵艳雪不是已经死了吗……不行，现在不能轻举妄动！"

我瞪大眼睛，明亦阳略得意地耸肩："他们看到寄件人是赵艳雪，一定会把信封里的U盘插进电脑里看的，这样我就能黑进他们电脑里呗。"

赵志芳急了，但她还没失去理智，暂时不会有什么行动，所以严冬目前安全。

我把耳机还给他："你不是说没兴趣帮警察破案吗？"

"当然。"明亦阳重新戴上耳机，"我只是想知道，除了严冬以外，还有谁知道你漫画的秘密。"

提到严冬，我拿出手机打给莫初，想知道严冬到底醒了没有。莫初很快接起："是醒了，不过……"

我的心"咯噔"一下："不过什么？"

"他疯了。"

"他疯了？"我和明亦阳对视，"为什么说他疯了？"

莫初一时语塞："他醒来后一直说着一句'那年桃花树，此生可追忆'，陷入间断性癫痫，现在需要靠镇静剂来稳定他的情绪。"

严冬进入了他设定的状态？我顿了顿，补问了一句："你确定他是真的疯了吗？"

莫初语气沉重："我们也想到严冬会依仗抑郁病情这一块来逃避法律，派了精神科权威进行会诊，确定他的精神真的出了问题。"

我挂掉电话，问明亦阳有什么看法。

明亦阳说："其实像严冬这样的人真要装疯，自然会有办法装得很像。晚上我们去医院，他真疯假疯，到时候就知道了。"

说话间，徐颖影出来了。她头发披散着，扣了一顶灰色球帽，坐进一辆红色雪纳瑞汽车里。

我启动车子，保持距离跟着她出了小区。

驶入拥挤的车流，我手托下巴，按照这样的路线，徐颖影应该是要去市中心。

"你说她现在是去拿我们要的东西吗？"我的心隐隐颤抖。

"白宇的妻子、孩子都在加拿大，一个独居的四十岁男人，是很饥渴的。徐颖影年轻漂亮，他勾搭上她，身体交融，但是感情到什么程度就不知道了。"

我睨他："你的意思是，如果白宇有那东西未必会告诉徐颖影？"

明亦阳表示他有这个担忧。

男人，感情和身体可以分得很开。

听完这个理论，我突然起了兴致："那你呢，我给你画的那些姑娘，你对哪个有真感情啊？"

明亦阳笑意渐深，回我以沉默。

我着实好奇，在感情这方面我没有给出一个明确主线，一切让他自由发挥，所以这个答案我还真不知道。

见他故意卖关子，我拾回自尊，咬紧牙关没有再问，看向前方——

徐颖影把车开进一家商场，我停好车和明亦阳下来。

只见徐颖影进入商场大厅，搭扶手电梯前往二楼，我和明亦阳尾随而上。

走到保龄球馆门口时，她忽然驻足往回看，我赶紧转身。

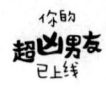

就这样和明亦阳撞个满怀，他个子高下盘稳，导致我直接扑进他的怀里。

我抬头间，他坏笑着像个计谋得逞的少年："姜咪，你这样占我便宜，真的好吗？"

"走开。"我狠狠地瞪他一眼，"徐颖影发现我了没？"

"发现了。"

"啊？！"

我半信半疑地往回看，就感到耳边一热："我是说，我发现你心跳得好快。"

我脸一热，这个该死的家伙，又调戏我。

徐颖影往里走，我捶了明亦阳一拳，将他往前拉："你走我前边。"

到门口，我把外套的帽子竖起来。保龄球馆大厅人来人往，灯光不是很亮，徐颖影从前台服务生手里拿了一把钥匙，我拉着明亦阳坐在等候区稍稍侧过身。

徐颖影捏着钥匙捂在胸口，有些着急地看向门口。

"她在等人。"明亦阳皱眉起身，"看来那把钥匙所对应的储物柜，就藏着我们要的东西。"

我瞪眼拉住他："你该不会是要现在抢吧？"

明亦阳低头看我，反问道："此时不动更待何时。"

"不行。"我低喝。

这时，一个人从门口进来，徐颖影的视线亮了。

我和明亦阳不约而同地看过去，明亦阳跌坐回椅子——

莫初。

徐颖影等的人居然是莫初？！

她朝莫初挥手，莫初朝她走来，突然——

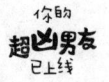

徐颖影身体一颤，像僵住了一般。她缓缓低头，不知从哪儿射来的一枚气枪子弹，正中她胸口。

血迅速染红了米色上衣，她直挺挺地倒下。

从徐颖影身边走过的人、坐在椅子上谈笑的人、服务台的人，不约而同地愣住，随之陷入惊恐的混乱。

莫初反应迅速地冲过来，与此同时，我身边的明亦阳也跳起来往前跑去。

我追着明亦阳穿过慌乱的人群，发现莫初看到了我。

一切发生得太快，我根本来不及做任何反应，追着明亦阳往安全通道的楼梯下去，来到地下车库。

明亦阳和铩羽已经交上手。

我忽然觉得哪里不对劲，可是说不上来。

铩羽和明亦阳绕着车打得难解难分。

铩羽一个飞身踏上车头，又贴着车顶翻身而下，顺手抓起靠在墙边的一根棍子。在我这个角度刚好看到铩羽的攻击动作，眼见明亦阳惯性地奔过去，我想也没想，跑过去抱住铩羽，明亦阳一个拳头切切实实地落在铩羽的脸上。

铩羽被激怒了，反手将我挣脱开，转身高举棍子就要冲我打来。

我盯着那棍子，突然一股温热的力量紧紧地护在我面前，瞳孔里落入明亦阳精致的脸庞，棍子重重地落在他的右肩。

我感觉到抱住我的明亦阳全身一紧，他却没哼一声。

铩羽邪恶的气场越发浓烈，明亦阳放开我，侧身握住他手里的棍子，左手拎起他的衣领将其用力地推到坚硬的柱子上，顺利夺走武器。

我刚想拍手大喊一声"小亦亦打得好"，突然眼前一道细

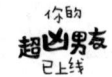

长的黑影飞快地晃过，我脖子一紧，整个人被缓缓地拎起。

我往上看，是玄凤！她也来帮忙了！

天哪，这是一场恶战。

明亦阳对付铩羽，我怎么对付玄凤呢？

我想叫明亦阳，可是一点声音都发不出来，无法呼吸。

葛冉老师给玄凤的设定，是女人中的男人，男人中的女神。就是说，她有娇艳如花的皮囊，却是有毒的玫瑰，柔韧性一级棒，她有力的手臂杀和锋利的高跟鞋，能一击让人丧命。

可她却没有迅速地拗断我的脖子——

"把东西给我。"

我拼命地扯她的手腕，试图获取一些喘息的空间："什么，什么东西……"

明亦阳踹开铩羽，朝我奔来，下一秒却被铩羽禁锢住。很明显，铩羽是在给玄凤争取时间。

玄凤的声音越发冷下来："不给？那我只有杀了你。"

我瞪眼，只觉得自己的喉咙要断了。

这时，一阵急促的脚步声往这边赶来，我隐约看到最前头的熟悉身影。

见状，铩羽和玄凤飞快地离开。我整个人失重，跌入及时赶来的明亦阳怀里，我压着他摔倒在地，只觉得怪怪的——

嘴唇被什么柔软温热的物什压住……我睁眼，看到明亦阳近在咫尺、同样没反应过来的呆然状。

他温热有弹性的嘴唇透着淡淡的清香，他的脸竟泛起了红晕，他放在我手背上的双手有些不自觉地颤抖着。

莫初带着他同事冲过来的脚步声，让我条件反射性地从明亦阳身上翻下来。

我抿唇，看到莫初担忧的脸出现在视线上方。

"姜咪，你怎么样？有没有事？"

我摇头，被莫初扶起来。他看到地上的棍子，吩咐同事四下搜寻，并去调取监控。

莫初脸色很不好，没有再问我为什么会在这里，而是检查我有没有受伤。他冷冷道："姜咪，你知不知道你这样私自查案，很危险。"

他是个警察，再分辨不出每次在案发现场遇到我的巧合，就不合理了。

我也没否认："徐颖影怎么样了？"

"当场死亡。"莫初目光凛冽，"她约我来，说有重要的东西给我，可是我用她手里的钥匙开柜子，里面是空的。"

东西已经被人取走，而取走东西的人不是铼羽他们。

我想起玄凤的逼问，心里暗暗舒了一口气，却又陷入更深的疑惑中。

去调取监控的人很快回了来："头儿，监控遭破坏，没有录到现场画面。"

我强作镇定："很遗憾，对方戴着头套，我也没看到他的脸。"

莫初叫了两个同事带我去警车上坐，他留下来查看现场。

开车门，明亦阳正吃痛地按着右肩，看到我，立刻绷起脸避开目光。

我关上车门，清了清嗓子，一时不知道该说什么。

尴尬的气氛比玄凤的手臂还要让人窒息。

"幸好，监控坏了，不然，还真没办法解释。"

"嗯。"

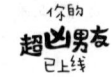

"真没想到徐颖影会约了莫初，我们太自信她一定会来。"

"嗯。"

"杀死徐颖影的人，不是铱羽。"

"嗯。"

我终于忍不了了，看着一直看向车窗外用后脑勺对着我的某人，伸手掐他的大腿。

明亦阳一个激灵，转过身："姜咪，你干吗？"

"那只不过是一个失误，我都忘了，你也忘了吧。"我双手抱臂，直起腰板。

尴尬这种事，需要及时解决，免得日后想起来更尴尬，索性锣对锣鼓对鼓说个明白。

"我IQ180，恐怕很难做到。"明亦阳挑眉。

"……"

我莫名觉得好热，脑海中再一次浮现那粉红失误的一幕。

若问百度：和自己的漫画人物亲吻，是一种什么感觉。

下边一定是没有答案的。

我被某人呛得无法反驳，这时莫初推开车门上来。

他身上还有淡淡的血腥味，车内气氛再一次跌入谷底，不适合谈话。

末了，还是我先开口："徐颖影联系你的时候，有说是要把什么交给你吗？"

"没有，她只说想要当面交给我。"莫初声音很低，带着一丝隐忍。

"很显然，作为'三只眼'的助理，徐颖影和白宇有瓜葛，她或许是知道杀死赵艳雪真正的凶手，所以才会被灭

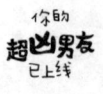

口。"我顿了顿，"莫初，你带我去医院见一下严冬……"

"赵艳雪这个案子结束了，严冬已经招供。"莫初冷冷地打断我。

"那'三只眼'呢，杀死'三只眼'和白宇……"

"那是我们警方的事。当初你说过，你只跟一下赵艳雪这个案子，案子结束，你就没必要再跟。"

"可是你明明知道赵艳雪这个案子根本就没有结束。"

"姜咪！"莫初突然很凶地回头吼我，车内一下子安静了下来。

我愣住。意识到刚才吼了我，他眨巴眼睛，有些无助地捂脸："看来当初我不该一时心软答应你，让你跟案子。"

"如果你不让我跟，我也会偷偷调查。"我如实回答。

"我知道，你的脾气从来都是这么倔。"他悻悻苦笑。

仿佛又回到当初我和他吵架分手的场景——

他总是在办案，我总是在画画。

我们两个都很专注自己的事情，如果要有相处的时间就必须有人做出妥协。

我毕竟是自由职业在家的，所以我做出了妥协。我推掉了一个很好的漫画邀约，兴冲冲地做了欧洲游一个月的计划。可是他没有一点想要为我做出妥协的意思，在临行前一天放了我鸽子。就这样，打乱了我所有的计划，还没有一句道歉。我的脾气上来了，开口说分手。

他求我别闹，我固执地拖走了自己的行李箱。

他开车出来，我以为是来追我的，最后他掉转了方向是去办案。

于是之后不管他再怎么过来求和，我都吃了秤砣铁了心地

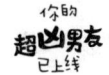

要把分手进行到底。

时光交错，斗转星移。

我深呼吸，试着让口气软下来："莫初，我知道，你是担心我的安危。"

莫初没再说什么，发动车子，带我去医院。

严冬刚打了镇静剂，静静地在床上躺着。我让莫初在外边等，把门关上，拉了一把椅子在病床前坐下。

明亦阳开始四下找东西。

我问他在找什么。

他睨了我一眼："找找看有没有摄像头、窃听器什么的，那么担心你安危的莫初如果听到一些不该听的该怎么办。"

我静静坐在床前，等严冬醒来。

没一会儿，严冬睁开眼，目光恍惚，还不等我开口，他突然坐起："那年桃花树，此生可追忆，此生可追忆……"

"这里只有我和你，没有外人，我检查过了，没有窃听器和摄像头。"我双手举起，示意他安静下来。

严冬瞪大眼睛，还是一脸惊恐。

我指了指站在他床尾的明亦阳："你也看到了他，不是吗？"

他顺着我的手指，看向明亦阳，猝不及防地笑了笑："哦，我知道了，你也疯了是不是？"

他狰狞大笑的样子，并不像是装的。

我心下一紧："严冬，你为什么会知道我漫画的秘密，你到底还知道些什么？徐颖影死了，她手里有赵艳雪的刺青图。"

严冬不笑了，而是安静地看向我。

"图被拿走了。"

他的眼神有波动。我强压内心欢喜，屏息："你知道赵艳雪背上的刺青是什么对不对，告诉我，你都知道些什么。"

严冬垂眸，视线变得虚无："那年桃花树，此生可追忆。"

他是有难言之隐，还是真的疯了呢？

我忽然看不透严冬。

这时，明亦阳快步走来，抢起台子上的花瓶往严冬头上砸过去。

我惊呼："你干吗？"

花瓶在严冬头顶一厘米处停住，严冬没有做出任何反应。

明亦阳把花瓶轻轻放下，弯下腰："你真的看不见我？"

严冬继续重复念叨着"那年桃花树，此生可追忆"，视线没有移动。

"看来他是真的疯了。"我从包里拿出便利贴，写上手机号码，撕下来放到严冬的枕头下，"明亦阳，我们走吧。"

我开门，莫初就站在门口。他见我出来，往里看了看："怎么样？"

"情况一样，就是念叨着那句话，看来他是真的疯了。"我耸肩，看到律师提着包从走廊那头走来。

我对莫初说："莫初，那我先回家了。"

莫初点头："到家给我电话。"并安排同事送我回去。

我和明亦阳坐在车里，拿出笔和本子进行对话——

明亦阳："其实严冬没疯。"

我："不确定。所以我把号码留下来，看他会不会联系我。"

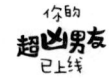

明亦阳："严冬警惕性很高，或者说，他现在已经不自由了。"

我："警察局里的暗线割走赵艳雪背上的刺青，'三只眼'工作室消失的手稿，现在一共有两张图。拿走这两张图的，是同一个人。"

明亦阳顿了顿："镕羽和玄凤是怎么恰好赶到的呢？他们应该去找U盘里的人才对。"

我一激灵，伸出食指，不禁说出声音："除非……"

明亦阳咻地把脸凑过来，用他的两瓣嘴唇堵住了我接下来的话。

开车的警官看了一眼后视镜："姜小姐，你是在和我说话吗？"

明亦阳的眼神里略带无奈的别扭，窗外柔和的午后阳光和建筑物躲猫猫，他泛红的脸颊若隐若现在我瞳孔里，那好闻的香气又禁锢了我思绪。

这一次是他先挪开了他的温热。

我连忙以咳嗽来掩饰自己咚咚的心跳声。

明亦阳正襟危坐，高冷傲娇："无奈之举，别想太多。"

一天之内，和明亦阳的两次亲吻，一次是意外，一次是无奈。怎么……这么怪呢？

"姜小姐？"

"哦，没有，我自言自语。"我挤笑回警官大哥的话。

"姜小姐，你热吗，怎么脸这么红，要不我开点窗吧。"

"不，不用……"

我仿佛看到明亦阳勾唇转过头去。

车窗稍稍开了缝隙，秋风吹进来，吹乱了我的发丝。

开车的警官嘿嘿笑："姜小姐，我们头儿今天不是故意要对你发脾气的，他是真的担心你。这些年，我从没见头儿这么在乎过一个姑娘。"

我怔了怔："你……"

"我叫崔飞，大家都叫我小崔。我跟着头儿干也有四年了。"他眼珠灵活，是个明白人。

我想起来了，他就是被莫初派去调监控的那个警官。

我用余光看着神色不明的明亦阳，生怕他又神经跳脱地做什么举动，赶紧掐断崔飞的话："哦，小崔，地下车库的监控坏了，能修好吗？"

说到案情，崔飞不正经的表情收敛了几分："应该能修好，因为摄像头外围没有遭到破坏，而是系统出了问题。"

我心下一紧："那真是太好了。"

崔飞把车停到小区门口，我和明亦阳下车。

崔飞从车窗里探出头："姜小姐，我看到头儿办公桌上的照片，他到现在还没忘记你。"

他扬长而去，明亦阳冲我的耳边打了一个重重的响指："现在是你顾及儿女私情的时候吗？"

我捂着耳朵："明亦阳！"

明亦阳无视我的愠怒，双手抱臂："铄羽偷走U盘，目标应该是追击上边的人，而他和玄凤恰到好处地出现在保龄球馆，除非U盘上边的人也正好出现在保龄球馆，也就是用气枪杀了徐颖影的人。地下车库的监控，一定也是此人弄坏的。"

想到小崔说有可能修好监控，我抓住明亦阳的手臂："如果恢复监控，怎么办，会露馅儿会穿帮的！"

明亦阳居高临下地盯着我："还非得让他修好了才行。"

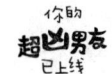

"为什么……"我了然，摇头，"这样太冒险。"

恢复监控，能不能看到这个凶手的真面目另说，在空中乱飞的棍子和震动的汽车车顶，一定会暴露。

明亦阳自信地摇头："你别忘了，警局里有那个人的内奸。"

对，这是一个隐形炸弹，甚至比那个人埋得更深。

"你说莫初像内奸吗？"明亦阳忽然没头没脑地问我。

我把手搭在他受伤的右肩上，用力地捏住："说点靠谱的，成吗？"

他哇哇乱叫，后退老远，略有深意地看了我一眼，转身跑进楼里。

我完全当明亦阳是脑子短路说的胡话，四周安静无声。

我的思绪开始清晰起来，按照逻辑，徐颖影应该是会来赴约的，除非对她来说，有比知道杀死白宇真凶更重要的事。

那么，这个更重要的事，难道是见莫初？

如果是这样的话，是否可以假设徐颖影其实是知道是谁杀了白宇。

我被手机的振动给惊得睁开眼，接起："喂。"

"姜咪，到家了吗？"

是莫初。我点头："嗯，你呢？"

"我还在警局。"那头忙碌走动的声音，笔敲击桌面的声音，我甚至能听到白炽光滋滋的声音。

"徐颖影有了身孕。"

我呆住："什么？"

"徐颖影有了三个月的身孕，我也是刚刚得到的消息。"莫初的声音透着深深的疲惫和沉重。

我忽然想通了徐颖影没有按照计划走的重要原因，对于她来说，身孕比危险的真相更重要。

　　可到头来，她还是逃不了死亡。

　　"姜咪，这次的案件，比我们想象的都要复杂，你不要卷进来好吗，我希望你是平安的。"莫初之所以告诉我这件事，就是想向我说明有多危险。

　　我垂眸看着自己脏脏的鞋尖，低声说好。

　　回到徐颖影的小区里把吉普车开回来后，我抱着笔记本推开家门，明亦阳脱掉上衣坐在沙发上。

　　我刚想收回视线，就看到他肩上一道青黑的痕迹触目惊心，那是替我挡的。

　　见我站在那里，明亦阳把手里的膏药贴布举起来："你去哪儿了，快帮我贴一下。"

　　临近黄昏，金黄色的光线柔和地跳跃在他完美的线条上，那是恰到好处的黄金比例，浓郁的男性气息强烈地扑面而来。

　　我抑制不住往上飙的血液，双脚被牢牢定住，动弹不得。

　　明亦阳意识到我没走过来，回头，一双黑眸被笑意笼罩："不是吧，害羞了？我里里外外，你哪儿没看过？"

　　他戏谑勾唇，竟朝我走来。

　　我握紧拳头，视线直勾勾地停留在他精壮白皙的胸膛上，脑子里一片空白。

　　"我有几根头发，我的眼睛，我的鼻子，我身体的每一个部位，你都用画笔抚摸过无数遍……"明亦阳双手叉腰，低下头在我耳边低声调戏。

　　我把笔记本砰地推到他手里："不想我把你的人鱼线去掉，就赶紧把刺青图给我找出来。"

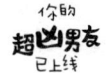

我发誓，他再走近一步，我一定控制不住热气，给他一巴掌。

窃听到的三段录音，都是赵志芳打的电话。

第一通："叔叔，你为什么自作主张？徐颖影根本就不足为惧！不，你疯了……"

第二通："监控，想办法毁了。"

第三通："不，我改变主意了。"

我看向明亦阳："所以，是赵远山杀了徐颖影，图在他那里？"

明亦阳提醒我后面两通电话："显然，这两通电话是打给同一个人的，她想在监控上边做手脚。"

这时编辑打来电话，催促我第三章的内容，并且欢喜地表扬说四格的彩蛋内容很不错，能够加强读者的期待感。

我看了一下时间，等我赶完第三章，是去赵远山家拿刺青图，还是去警局跟进监控的事，我和明亦阳只能二选一。

进到工作间，我打开电脑，看着发亮的屏幕，有些焦虑地望着明亦阳。他却给我一个微笑："别慌，先画吧，船到桥头自然直。"

明亦阳就坐在我对面，他身上散发着淡淡的膏药气味，我握着画笔，混乱的心情平静下来，扎进赶稿的状态。

待我画完最后一个分镜头，画面停留在保龄球馆。

抬头间，天已经黑了。

我把画稿发给编辑，入网页，立刻就看到下边又出现了四格彩蛋——

是明亦阳和铩羽他们在地下车库打斗的场景，最后一幕落

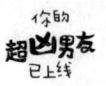

在我扑倒明亦阳在地上，两人吻上的情形。

我又是背影，没有正脸。

底下的评语热火朝天，纷纷猜测"我"是新的女主角。

我按掉屏幕按钮，抬头间，明亦阳把手机给我看："这下全国人民都看到了，姜咪，你让我怎么忘掉。"

我清嗓子，赶紧转移话题："好了，没时间说笑，现在赶去警局，想办法把那个监控毁掉，然后再……"

"姜咪，只能选一个。"明亦阳摇头，"就算我能把你一秒带去警局，路途上缩短时间，可是铢羽他们的动作一定是比我们更快。"

"所以你的意思是……"

"去赵远山家，拿到刺青图要紧。"明亦阳起身，穿上外套。

我自然知道拿到刺青图要紧，可是监控也不能不管呀，万一被莫初他们看到……

铢羽他们本来就不属于这个世界，当然无所谓，可我是这个世界的人，无法解释这别人看不到的一切。

"赌一把吧，姜咪，人生是需要一点刺激的。"明亦阳向我眨眼，说得真是不要太轻巧。

就这样，我被明亦阳一秒带到赵远山的别墅门口。

别墅里漆黑一片，看来赵远山不在家。

明亦阳却不认同我的看法："出了这么大的事，赵远山不可能还去别的地方，对他来说，门禁森严的家里，才是最安全的。"

我瞥他："那我们怎么进去？"

明亦阳静默片刻，起身走到一旁，拿起砖头用力地朝一辆

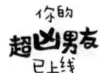

黑色轿车的车镜砸去，警报器立刻尖锐地响起。

他迅速朝我这边跑回，我低喝："你干吗？"

保安循着警报声立刻赶来，赵远山也从门里慌慌张张地跑出来问发生什么事了。明亦阳得意地冲我挑了挑眉，趁着这个时机带着我潜进去。

我有轻微的夜盲症，赵远山的别墅里乌漆墨黑，明亦阳拉过我的手扶着他的手臂："跟着我走。"

他的手臂很有力量，在黑夜里像一盏指路明灯，让我特别安心。

我说："刺青图会不会在二楼书房保险柜里什么的？"

明亦阳带着我在一楼转悠："不会，刚才听到声音冲出来那么快，你觉得赵远山会是从二楼下来的吗？"

他说得很有道理，我又不想以沉默来肯定，想了想便说："那和刺青图藏哪儿有什么直接关系。"

"赵远山待在家里不开灯，说明他内心十分紧张，处于戒备状态，这样的人应该恨不得把自己和刺青图绑在一起吧。"说话间，明亦阳踢到了东西。

我仿佛听到液体洒出来的声音。

我蹲地试图去摸是什么，明亦阳说："是啤酒。"

我皱眉看向明亦阳，刚想说让他小心点，他忽然驻足定定地看向一个方向。

我顺着他的目光看过去："怎么……"

我看到了一沓照片。

明亦阳伸手拿过照片，我点亮手机屏幕——

是赵艳雪背上的刺青的照片。

没找到刺青图手稿，倒是找到了照片。

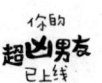

我和明亦阳正想撤退，突然，一声低喝从黑暗在那端响起："谁？"

是赵远山折返回来了。

有明亦阳在，我不担心会被抓，但就这么跑走觉得可惜。

我灵机一动，压低声音道："你为什么要杀死徐颖影？"

赵远山立刻打开电筒。

明亦阳很聪明地抱着我跳到一旁和我唱双簧，这样在对方看来是看到了鬼无疑。

"你……"虽然看不到赵远山的脸，但透过他声音的颤抖，可以想象他脸上的惊恐。

他不相信地壮着胆子再次把灯光射向我，明亦阳帮着我再次躲过。

"你为什么要杀死我？"

我冲上前两步，直接到赵远山身前，赵远山吓得跌坐在地，哆嗦大喊："你不要过来！不要过来——"

明亦阳低声说："姜咪你别玩过火了，把他吓傻了还怎么问出消息来。"

我皱眉，盯着哆嗦的赵远山："你杀我是想要拿到从'三只眼'那里没拿到的刺青图，那你为什么要派人杀白宇？你在怕什么？"

赵远山突然扑过来抓住我的双脚，我吓得没反应过来。

明亦阳本能地扶住我，也没反应过来。

赵远山"哈"了一声，借着电筒的灯光仰望我："你是谁？为什么要装神弄鬼？"

这时明亦阳抬手就给了赵远山一个拳头，将他打倒在地，拉着我就跑。

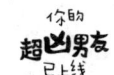

我扭头看向赵远山踉跄地从地上爬起来，追出来。

我和明亦阳跑出别墅，听到身后紧追而出的赵远山大喊："抓住她——快抓住她——"

他把保安都引了过来。

这个赵远山果真不是吃素的！

我和明亦阳退到墙边，明亦阳手脚灵活地跳上墙头，伸手抓住我将我往上拉。

而那些保安手脚也不慢，追过来一把抓住我的脚。

挣脱间，我的鞋被扯掉了。

明亦阳带着我一秒回到车里。

我狼狈地喘着气，像是做了一场惊魂的梦。

明亦阳撩拨我的头发，有些忧心忡忡："怎么办，他看到了你的脸。"

"这倒不要紧，他也不可能会报警。"

像赵远山这样的人不喜欢透过警察来处理事情，更何况他自己也有心虚的事情。

比起这个，我提醒明亦阳我貌似是刚才提到了白宇才露的破绽。

"所以我们猜错了，徐颖影手里要交给莫初的是照片，不是刺青图？那刺青图在哪里？"

明亦阳指了指我手里的照片："别钻牛角尖，有了照片，有没有原版刺青图已经不重要。接下来，我们就可以找下一张图了。"

我怔了怔，接下来？

接下来恐怕是解决掉警局那个监控的事才是当务之急。

现在时间已经不早，这样贸然去到警局没有说辞会引起莫初的怀疑。

明亦阳和我一同沉默了。

我偷偷地瞥了他一眼，欲言又止。

其实我是有想到说辞，去找莫初吃宵夜。

犹豫再三，我试探地说出口。

明亦阳直接甩出一句"你是不是要和莫初复合，如果不是就不要做让人歧义的事"，怼得我无以复加。

"马上回家清楚地勾勒出刺青图要紧，万一遇到铼羽他们怎么办。再说了，如果监控真的还原了，莫初一定会第一时间打电话给你，逃都逃不掉。"

于是，在某人的振振有词下，我和他回到家。

我把找到刺青图的内容作为第四章上传，当然，刺青图的具体模样我没有公布。

就这样，我看到了不是我画的彩蛋格图浮现——

玄凤和子星从医院里带走了严冬，严冬被塞进一辆车里，车子冲下大桥，跌入海中。

我视线艰难地从电脑屏幕上挪开，看向明亦阳："我终究是没能救下严冬。"

明亦阳放下手中的照片和笔，走过来，将我的头按在他的腹部，像摸小狗那般摸我："好了，别自责了，乖。"

我怔了怔，在他真实的温暖里，能清晰地听到墙上时钟走动的声音。

我攥着他的衣角，贪恋他好听的声音和温柔的抚摸，我努力不去想他是我笔下的漫画人物，而是真实存在的。

于我而言，明亦阳确实也是真实存在的。

第一块能寻到树灵能源的地图已经找到，我忍不住想，

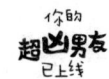

若是找到了剩下的五块，把漫画里不受控的暗黑势力封印回去后，明亦阳是否再也不会出现了呢。

我从未想过，这个问题。

也不敢想。

直到我找到了第一块地图。

根据明亦阳超强的眼力放大画出的这刺青图案的确是地图的一部分，看来我们的猜测是对的。

明亦阳问："我们是根据邀请函，参加了X集团的晚宴才摸到第一张地图的源头，剩下的五张，我们该去哪儿找？"

我静默不语。

"赵艳雪的名字出现在那个账本上……其余的会不会还是在X集团里？"

这时我的手机响了，是莫初。

难道是监控被还原了？

我心下一抖，硬着头皮接起："喂。"

"姜咪，严冬出事了，你知道吗？"

"哦，是吗？"我一时不知道该怎么回答，只好机械性地给着回应。

莫初的声音在电话那头越发清冷："你不知道吗？你不是都已经画出来了吗？"

"……"糟糕，忘了这茬儿。

第一大桥。

我裹着外套，从出租车上下来，看到莫初拿着对讲机在桥上指挥着，还有警察在桥下守着下水的搜救人员，吆喝着。

炫目的车灯闪瞎我的眼睛，我低头，一步步地走到莫初身边。

莫初没有转头看我，而是径直眺望冰冷的海水："我原本以为你出现在晚宴现场是巧合，现在看来不是。"

我没有说话。

莫初缓缓扭头望我，继续道："你上传漫画的时间，就好像是亲眼看到严冬被带走一样。"

我沉默。

莫初皱眉："姜咪，我需要你给我解释。"

退无可退，我只能勇敢迎上他怀疑的目光："我说是巧合，你相信吗？"

莫初扭过头哼笑出声。

明亦阳在一旁清清嗓子："是了，这个时候打死不能承认啊。"

莫初是个特别轴的人，他相信科学，相信证据，相信自己的直觉。以前和他恋爱的时候，他的世界里就是工作和偶尔照顾我。

我不可能告诉他，发生这一切是因为漫画世界失控了。

"难道你认为我和犯人是一伙的？"我语气稍加强硬，表达他不信任我的愤怒。

莫初的眉头轻微颤抖，有些愧疚刚才质问我的尖锐语气。

这时，桥下的搜救人员传出叫喊声，吊车开动，几分钟的工夫，一辆面包车被吊车从海里拉出来。

我看到严冬被搜救人员从车里抬出来，搬到岸边。

莫初手里的对讲机响了："莫队，严冬死了。"

莫初看向我，低声说："知道了。"

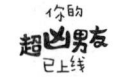

明亦阳飞身跳到桥下，去查看严冬的情况。

"商场里的监控还原了。"莫初顿了顿，"虽然只还原了其中一部分，逃走的两个人，正好也出现在你的漫画里。"

莫初扳过我的肩："姜咪，告诉我，他们是谁。"

他的黑眸灿如星火，是那种询问犯人的架势。

我冷冷失笑："你不是警察吗？怎么不亲自去查呢？比问我快很多。"

莫初皱眉，有些不耐烦地低喝道："我查了，他们查无此人！"

这个答案在意料之中，我暗暗地提了口气，听到莫初深呼吸一口气叹道："姜咪，如果你知道什么你得赶紧告诉我，现在已经死了四个人了，人命关天！"

我拧眉，半晌道："我只知道，他们的死很有可能跟一个账本有关。"

"账本？"

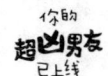

第四章
喜欢你……似乎并不丢脸

　　我把账本的事透露给莫初，是和明亦阳商量好的。

　　明亦阳说这叫借力打力。

　　账本被铢羽他们夺走了，这是我们落后他们的地方，而账本里的秘密，靠我和明亦阳两个人的力量，进展缓慢，还不如交给莫初来推动，这样也能给莫初一个解释。

　　果然，莫初对我提供的这个消息很受用。我抖着身体在他面前打了一个喷嚏，他立刻把外套脱下来给我披上："我先送你回去吧。"

　　"不用了。"我闷声拒绝，转身。

　　明亦阳拥过我一步步往前，我听到身后莫初喊我："对了，'那年桃花树，此生可追忆'是什么意思，严冬生前一直重复的这句话。"

　　我驻足，目光后斜："这个，我就真的不知道了。"

　　我和明亦阳下了桥，打车。

　　霓虹灯下，明亦阳双手插口袋，眺望远方："看来你的莫

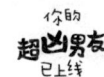

初并没有完全相信你。"

我淡淡道："他是警察，自然怀疑一切。"

很奇怪的是，我刚才对上莫初怀疑的目光时，心里并没有真的很生气，不知道是不是心虚，还是对于他和我之间的感情我已经放下了。

我宁愿相信是后者。

"你的漫画上线连载，现在已经突破了一个亿的点击量，那么明显的剧情同步，莫初不怀疑你是同伙还真挺难。"明亦阳挑眉。

我懒得和他贫嘴，问他去查看严冬的尸体有什么发现。

"严冬不是溺死的，他在面包车驶入海里之前就已经死了。"明亦阳顿了顿，语速加快，"口腔内有血，肋骨被打断两根，其中一根肋骨插入心脏。玄凤和子星下手真是狠。"

我望着他，伸手去捏他的脸颊，忍不住由衷地骄傲了一把："啧，看把你能耐的。就算是最好的尸检人员也没你这么厉害，摸一下就知道了。"

明亦阳很拽地冲我挑眉："过奖，过奖。"

玩笑过后，我陷入了沉思。玄凤和子星虽然是漫画暗黑势力里暴力的人设，但他们不会把力气花在无用功上。

严冬被打成这样，多半是因为那句我也猜不透的"那年桃花树，此生可追忆"。

我决定把接下来的重点放在这句话上。

整个城市种植桃花树的地方，且不说有很多公园，不知名的个人领域也可能会有。

严冬指的到底是哪棵桃花树？

"又或者说，他指的桃花树根本就不在本市呢？"明亦阳

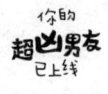

躺在地图上，手里拿着树木种植专业书搭在他的头上，眼神慵懒地看着我，"这句话很像是回忆里的某个老地方不是吗？"

我回忆之前去严冬家的时候，没有看到什么桃花树。

明亦阳这么一说，我蹙眉："老地方……严冬身为X集团的总经理，去全国各地出差多了去了。"

明亦阳双手枕着脑袋，二郎腿跷起，摇晃摇晃。

我意识到什么，从椅子上溜下来爬到他身边，拍他的膝盖："喂，你是不是有什么眉目了？赶紧说，别卖关子。"

明亦阳睨我，突然冲我招招手。

有求于人，我只好低下头，把耳朵凑过去。

明亦阳突然长臂一伸，将我揽进怀里。

我羞恼地正要挣扎间，明亦阳低沉着声音在耳边说道："那年桃花树，此生可追忆。"

我安静下来，听他下文。

"你说严冬会不会在外边养小三了？"

"……"这下文来得真突兀，我仰头看他。

倾斜四十五度的四目相对，我闻到他身上好闻的古龙水香味，怔怔地对上他无可挑剔的脸。

明亦阳冲我坏笑勾唇："说不定严冬就把第二张刺青图藏在他情妇那里了呢。"

空气里顿时洋溢着一种不可名状的热流。

我回神，清了清嗓子："喂，你现在可以放开我了吧。"

"姜咪，你知道你脸红了吗？"明亦阳死死地钳着我，语气越发撩人。

我的心怦怦直跳，绷着自己都感觉灼烧的脸："不知道！"

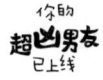

"姜咪，你知道一个女人对一个男人脸红代表什么吗？"他挑起我的下巴，逼我看他。

我知道他要说什么，倔强地瞪眼："那得看什么女人，我是整天宅在家里画漫画的宅女，是个男人靠近我都会脸红，有什么好奇怪的。"

我尽量没有结巴，并自动抻长脖子两厘米。

三十六计里的反客为主，我要拿来用用。

虽然，我分明听到了自己胸膛里趋之若鹜的心跳。

明亦阳的神情忽然变得忧伤，如黑珍珠一般的眸子黯淡下来："姜咪，喜欢我是很丢脸的事吗？"

我怔了怔。

情节急转直下，忽然带入了不愉快的伤感气氛，这是怎么回事？

明亦阳深深地看了我一眼，秒消失。

我脖子处一下子空了，愣愣地感觉着他的余温，有些怅然若失。

这时，电脑屏幕里钻进酒吧喝酒的明亦阳拿着大把的钞票纸醉金迷，他的对话框里出现了这样的话：

"也对，我的财富，我的一切，都是假的，就连我自己也是假的！"

"我怎么能奢望别人真喜欢上假的我呢？"

黑粗四号字，明亦阳的情绪失控了。

我呆坐在电脑前，看着明亦阳搂着我给他画的妖冶美女猛灌酒，我的心，忽然窒息得好难受好难受。

我意识到自己的话真的伤到他了。

回想起明亦阳这段时间闹别扭的每一个点，危险时他护在

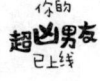

我身前的每一个瞬间……

原来，他喜欢我表现得那么明显。

原来，我假装不喜欢他掩饰得那么故意。

就这样，不带一点预兆地，我和明亦阳冷战了。

这次不是随便哄哄就能过去的事。

他待在漫画里不肯出来，漫画里的时间是可以静止，可现实不行。

我想气恼他在这个争分夺秒的时候给我撂挑子，但到底还是没这个底气气恼。

于是，我把意大利面条给他画进去，还给他变着场景制造惊喜。

专注哄人和专注画画两件事情一并做了，时间就过得特别快。我一抬头，抽空扭动酸楚的脖子，就错过了吃晚饭的时间。我摸着饥肠辘辘的肚子，耐心耗尽，把笔扔在一旁，指着电脑里的明亦阳大喊："明亦阳，你再不出来，我就真走了！"

这时，我听到有人敲门。

我扭头，走出房间，敲门声越发清晰。

像我这样画画画到深度宅没朋友的人，有人敲门实在是稀奇的事。

我踱步过去："谁啊？"

"您叫的外卖。"

我怔了怔。我肚子是饿了想叫外卖来着，可是忙着和明亦阳生气，还没来得及叫啊。

发呆间，我听到门外没声音了，紧接着，我听到有人在动门锁。

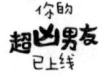

我的心猛地一沉——这根本不是什么外卖！

我能感觉到马上要被人破门而入的危险气息！

我跑回房间，想叫明亦阳出来，可电脑上明亦阳已经不在我设定的场景中，与此同时，我听到门把手被按下的声音。

看来已经来不及了，我抓过包和手机爬上窗。

虽说住的是二楼，可是真往下看，我还是觉得高得晃眼。

我扭头，不过顷刻之间，对方已经追了进来。

看到我要逃，他指着我低喝："你下来！"

这个人戴着帽子和口罩，一身黑衣，我确定不认识。

在他冲过来之际，我一咬牙跳了下去。

落地的时候，一股锥心之痛从右脚脚踝直达头皮。

我痛得低呼出声。

"该死的明亦阳！"如果他在，我就不会受伤了。可我来不及再骂他几句，艰难地直起身抓紧时间逃跑为上。

黑衣男似乎对我穷追不舍，还没能跑出小区门口眼看就要被追上，我躲进了花圃的灌木丛里。

黑衣男停住了，四处搜索。

我捂住嘴屏息间，看到他的影子一点点地朝我这边靠近。

"我知道你就在这里，别躲了，出来吧。"

"姜小姐，我不喜欢杀人，你把东西交出来。"

……

死亡的气息逼近。

就在我不知道自己该怎么办时，忽然，一阵熟悉的温暖将我紧紧搂住，我扭头看到了明亦阳的脸。

下一秒，他带我来到了小区外的长街。

经历刚才的惊心动魄，我一口气差点没接上，委屈像膨胀的海绵。

我推着明亦阳，大叫："你总算舍得出现了！"

街上人来人往，路过的人都狐疑地瞅我。

明亦阳也望着我，神情复杂地扯嘴角："好了，让别人看到还以为你是疯子。"

我气呼呼地踮着右脚退到一旁的长椅上坐下。

明亦阳一声不吭，走过来半蹲下来，托起我的右脚轻轻地给我揉捏。

他手指间的力道收放有度，不时抬眸看我的神情，生怕弄疼了我。

他说不出好听的话来，可懂得用动作无声地哄我。

夜色像一层薄纱，给明亦阳的身上镀了一层朦胧感。

他的动作很温柔，像极了给灰姑娘穿高跟鞋的王子。

我伸手忍不住想要摸摸他的头发，可我的手在半空中还是僵住了——

就像我话到嘴边的"明亦阳，我喜欢你"还是硬生生地咽了回去。

明亦阳抬眸，对上我欲言又止的目光。

我回神："那个人认识我，说要我拿出什么东西来。不知道是不是赵远山派来的。"

我逃跑的时候，被他家的保安看到了脸。

明亦阳在我身边坐下，从外套里掏出一张皱巴巴的字条："喏，这是我查到的。"

最中间的部分写着严冬那句念叨的话，旁边都是数字，横线什么的。

我看不懂，问这是什么。

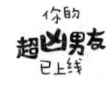

原来他在他的世界找了智商上200的天才分析了这句话的各种可能，然后他再对照严冬的经历表把罗列出来的可能一一剔除掉，得出结论。

　　"最后我得出的结论是，一个酒吧的地址。"明亦阳指了指纸上他圈起来的"那年"和"此生"。

　　"那年此生，是严冬生前最常去的酒吧名字，在N国，他之前出国次数较多的地方就是N国。"

　　我怔了怔，有些不可思议地看着明亦阳："你是怎么知道的？"

　　明亦阳挑眉，傲娇地逼近我："我还知道很多其他的，要不要一一说给你听啊？"

　　我有些暗喜他的再次靠近，但不想把暗喜表现出来，扭过头起身："还是节省一点被你耽搁的时间吧。既然有了线索，那我们现在就去N国。"

　　明亦阳拉住我的手，苦涩地撇嘴："姜咪，你能不能别装忙？"

　　我被重新拉回到长椅上。

　　"你能不能歇一下？"

　　明亦阳的大手盖住我的手，明明是责备，但听在耳朵里让我莫名地脸红。

　　他是我创造的，我一直觉得看穿他对我来说是简单的事，可到头来我好像成了最容易被看穿的那个人。

　　他把我的头按在他的肩上，我看着来往的路人投来的注视目光忍不住开口："现在不怕我被别人误认为是疯子了？"

　　"就这么误认为五分钟吧。"明亦阳叹了口气，"我更怕现在不牵你的手，以后就没机会了。"

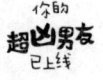

明亦阳忽然而至的伤感，让我不习惯。

仿佛分别提前来临了一般。

想到这里，我不由得紧紧握住他的手，希望这五分钟能慢一点，再慢一点才好。

有明亦阳的保护，再加上不确定是不是赵远山派来的人，我没打算报警。

不料，回到小区里，莫初的车停在楼道前，只是人不在车里。

明亦阳扶着我，古怪地睨我："你是知道他会来，所以才不让我抱着你一秒回家的吗？"

"……"我瞪向明亦阳，这个家伙的聪明这时候怎么就不管用了？我明明是想和他多相处一段时间才拒绝的好吗！

我没好气地说："我怎么会知道，我又没有预知未来的能力。"

这时，莫初急急地从楼上冲下来，在看到我的瞬间蓦地驻足。

我瞪大眼睛，看他忽地飞奔而来。

一股寒风裹着他的体温，一下子撞进了我的身体。

我踉跄地后退两步，被莫初紧紧地抱在怀里。

"啊……"

"怎么了？受伤了？"莫初听到我的叫声，紧张不已。

"哦，不是，我……我就是脚扭到了。"我被莫初这样的举动给吓到了，一时愣在那儿，"莫……莫初……你怎么来了？"

"你没事吧？"莫初放开我，将我上下打量，神情着急，"保安通知我，说你从家里跳下来，还有人在追你！"

我怔怔回神，捕捉到话里的蛛丝马迹："保安通知你？你在监视我吗？"

莫初神色僵了一下，并没直接否认，而是说："发生了那么多事，你又一个人住，我不放心。"

我看了一眼明亦阳，赶忙推开莫初："我没事。"

莫初皱眉："姜咪，你搬到我那里去住吧。"

空气一下子静了，从安静到很静很静。

我瞥到明亦阳比泥巴还丑的脸色，讪笑地摆手："不用了，莫初，真的不用这么麻烦的。"

"姜咪……"

明亦阳冷到爆的审视目光几乎要在我的脸上戳两个洞！我抿了抿唇："再说了，我也不是一个人住。"

"什么？"莫初蹙眉愣了一下，显然他并不相信我说的。

我眨眼："我谈了一个男朋友，他只是最近去N国出差了，我正要去找他呢。"

莫初瞅着我："是吗？那你之前怎么没跟我提过呢？"

"之前，忘记了吧。再说，你也没问过我。"我挤笑，努力让自己的回复变得自然。

莫初定定地看着我几秒，突然抓住我的手："好啊，那我和你一起去N国找他，我要安全把你送到他手里。"

"哎，你不要查账本的事吗，还有严冬的案子……"

"放心，现在是高科技时代，去到N国一样可以督查案情。"莫初不由分说地抱起我，回家收拾行李。

我在莫初的怀里扭头求救地看向明亦阳。

明亦阳皮笑肉不笑地挤对我："姜咪，两个帅哥左右护航，你应该很开心吧？"

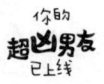

"……"开心你个大头鬼！

就这样，我几乎是被架着上了飞机。莫初坐在我的左边，明亦阳坐在我的右边（明亦阳的座位是我通过网银用假身份证买的飞机票）。

明亦阳双手抱臂，气咻咻的样子："姜咪，我看你到时候怎么变出一个男朋友来！"

我手里拿着笔和画稿，把明亦阳的手臂画到我的脖子上。

我扭头，只见明亦阳绷着涨红的脸："别以为你这样，我就会妥协！"

我眉色一挑，在画里继续把他的脸靠近过来，然后，我再扭头。

吻上他的唇，我用眼神问他："那这样呢？"

这是我第一次主动，看着明亦阳被我吓到的样子，我还挺有成就感的。

空姐递水过来，我接过，明亦阳一把握住我的手抢先一饮而尽。

我笑着看向前方，听到他气若游丝地说："姜咪，你真是不鸣则已，一鸣惊人。"

"不过我喜欢。"明亦阳嘿嘿偷笑。

我勾唇，莫初扭头看到我在笑，问我在笑什么。

我眨眼："哦，想到马上就可以见到我男友了，就开心地笑了。"

莫初眸色沉了沉："他是个怎么样的人？"

明亦阳大声清嗓子，示意我好好说。

我莞尔一笑："他？嗯……爱耍脾气，爱吃飞醋，因为软件、硬件过硬就理所当然地傲娇，还总是到处拈花惹草。自以

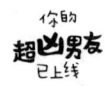

为是，霸道，逮着机会就损人，毒舌得很。"

明亦阳吼我："姜咪！"

我只当没听到地看向拧眉的莫初："不过，他也是只要我需要他时就会及时出现，虽然常常毒舌但嘴硬不过三秒就会心软地对我轻声细语，拈花惹草只是游走在表面的花花肠子，心里却只有我一个，遇到危险就毫不犹豫地挡在我身前，明明吃过很多山珍海味却会因为我做的一碗意大利面笑得像个孩子……他是这样的人。"

莫初眸色悠远。

明亦阳抱住我，甜甜地笑："先抑后扬，姜咪，原来我在你心里，这么好啊！"

他蹭着我后脖颈发痒。

莫初苦涩一笑："我竟不知道，你说起一个人时眼睛会这样闪耀生辉。"

我怔了怔。

我不知道我的眼睛是否放光，我只知道讲起明亦阳，我的心很快乐，是那种孩子吃到棉花糖一样满足的快乐。一想到他在我身边，每天就过得很快，一旦他不在我身边，我就觉得度日如年。

喜欢一个人，总是后知后觉，当我发现这一点时，我已搞不清是什么时候喜欢上这个又皮又痞的明亦阳的了。

莫初摸着下巴头转到另一边："我一定要见见他。"

我看着他的后脑勺，心被用力捏了一下，又奇怪地好了。

再见莫初后的不清不楚和那一点残留的眷恋、暧昧，都在我赞美明亦阳的这一刻烟消云散了。

原来，和一个人的关系的真正结束，不是一句"分手"或

"再见"可以当作句号的，而是在这些不经意的释然间。

明亦阳心满意足地靠着我的肩香甜入睡，他的呼吸平稳顺畅地在我耳边一进一出。

我的职业习惯是画完一章漫画后提前设想下一章的故事，可是此时此刻在两万英尺的高空上，我把大脑放空，什么都不想想。

前男友和现男友在我的左右两边坐着，我确实也没什么好想的。

两个小时后，入境N国。

莫初帮我拿行李，走在我前面。

明亦阳双手抱臂，跟我身后说："哼，那小子是不是还没搞清楚状况？"

我无语地捏着嗓子说："分手难道就不能做朋友了？你漫画里一堆前女友呢，我可是一个字都没说，你别那么小气好不好？"

明亦阳哼哼唧唧。

出了机场，门口稀稀落落地停着几辆出租车。

我们要先去N国的加都市里再行安排。

莫初带着我上了出租车，和司机交代了几句，司机向我们要了一百元车费。

明亦阳看着我肉疼的表情，挑眉挤对我："做戏做全套，你可是对莫初说你男朋友硬件不错的。"

说到男朋友，我哀愁地看着他，等到了市里安顿下来，去哪里找一个可以看得见的男朋友来把这戏给圆下来呢？

车子慢慢加速，N国鲜有高大建筑，加上大部分的黄色屋

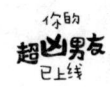

檐，仿佛一只只暗黄色的蚱蜢匍匐在地。

明亦阳不想跟我和莫初挤，一个人嚷嚷着坐到了前边。

我睨他没有动静，不安之余还是有少许心安的，至少铼羽他们没追来这边。

可是下车的时候，明亦阳不见了。

莫初从车后备厢拿出行李，对我说："这是泰米尔区，比较热闹，我们在这里找一家酒店住下吧。"

我心不在焉地点点头。

莫初问我："你不联络你男朋友吗？"

我一愣，挤出笑，"哦"了一声："先住下来吧，想到时候给他一个惊喜。"

莫初也没再说什么，点点头。

我环顾四周，还是不见明亦阳。他不能离开我一公里的范围，否则就只能回漫画世界里去。

莫初带着我入住一家民宿，选了两个房间。

莫初递给我房卡，送我到房间门口。

我关上门后迅速将画板和笔拿出来，不停地在对话框上写下"你在哪儿"，以此来召唤明亦阳。

可我的四周还是没有动静。

我的头皮开始一寸寸发麻，能带给莫初看的男朋友还没找到，明亦阳也不交代一声就玩失踪。

"那年此生"酒吧还没去，这一堆事真是让人焦头烂额。

我决定一件一件地解决，先找到"男朋友"把莫初请回国再说。

刚才进民宿的时候我看过了，旁边就有一条红灯街，里面

有很多酒吧，我想现成的"男朋友"去那里找最合适。

心念已定，我便进到浴室洗澡。

洗完澡穿一件比较性感的衣服去酒吧坐一坐，钓一个风尘浪子来演一场男朋友的戏码，应该就能把莫初塞上回国的飞机上了吧。

飞了两个小时，再加上坐了一个小时的车，冲了热水澡后疲劳散去大半。

我光着身体推开浴室的门出来，整个人石化了。我张嘴尖叫出声："啊——"

明亦阳手脚敏捷地扑过来按住我的嘴，但还是只截住了我的后半段。

明亦阳坏笑着将目光往下移……我又羞又恼，眼珠子都快飞出来了！

这家伙早不出现晚不出现，偏偏这个时候……他一定是故意的！

我怒意飞驰，要和他拼命。明亦阳却顺势抓住我的右手，将我往床上一摁。他整个人压在我身上，让我不能动弹。

明亦阳坏笑着，近在咫尺地俯视着我："你不叫，我就放开你。"

识时务者为俊杰，我只好用眨眼妥协。

明亦阳的手稍稍挪开，我就恶狠狠地瞪他："明亦阳，你玩我？"

明亦阳的手滑到我的侧腰处，挑逗我："我怎么会知道你在洗澡啊！"

我身体一紧，羞红了脸："明亦阳你的手给我安分点！"

这时，莫初闻声过来敲门："姜咪？姜咪是你吗？怎么

了——"

明亦阳翻了个浅浅的白眼，将旁边的浴巾拿过来往我身上裹，并从我身上下来。

内心有无数个炸弹炸开了，浴巾已经裹不住我被看光的身体和尊严。

我拿过浴袍就要披上，这时慌乱的余光一角扫到明亦阳居然径直走向了门口。

我怔了一下，错愕地裹着浴巾几乎本能地冲过去。

说时迟那时快，明亦阳把门打开了。

我和莫初四目相对。

莫初愣了愣，目光略尴尬地移开。

这时明亦阳把我搂在怀里，居然冲莫初伸手："你好。"

奇迹的事情发生了——莫初竟望着明亦阳也伸出手："你好，你是……姜咪的男朋友？"

在我错愕窒息的注视下，明亦阳和莫初完成了一次跨世纪跨空间的握手。

"对，我是明亦阳。"

"……"

这到底是怎么回事？我不敢相信自己的眼睛和耳朵，我更不敢相信莫初看得到明亦阳！

震惊在我的脑子里爆炸又熄灭，熄灭又爆炸，跟过年放烟火似的。我强压扑通乱跳的冲动表示要穿衣服。

莫初点点头，说他先到楼下等我们。

关上门后，我立马拖过明亦阳压到墙上："你搞什么鬼？你是怎么做到让莫初看到你的？"

明亦阳扬扬得意，说他刚才玩失踪其实是去找女巫了。

那种给人算命测字的女巫介于微妙空间中，可见异物可看阴阳。明亦阳说他找了一个看得到他的女巫，给他想了一个能显身的法子。

"我得给莫初看看，你没有言过其实，我比你说的还要优秀。"明亦阳挑眉。

我皱眉，头疼地摊手："你不必这么麻烦的呀，我下去随便去酒吧找一个男人，给点钱，估计就能糊弄过去了。"

明亦阳跳得老高："我就是知道你会想这种歪招！姜咪，你去哪儿找到比我更极品的男人？"

"……"这家伙真是自恋。

不过我想反驳，但反驳不了。画笔下的完美男主角，现实里估计就算有，也是凤毛麟角。

我瞅他："你答应了女巫什么？"强行让漫画人物显身，一定会有所交换。

明亦阳打哈哈摆手："这你不用管。你快点穿衣服吧，莫初等着见我们呢。"

说到穿衣服，我的羞辱感又上来了。

明亦阳似乎听到了我咯吱咯吱咬响后槽牙，歪着头上前："你一直都知道我裸体怎么样，刚才嘛，对于我来说是迟来的公平。"

可恶！

我只能干瞪眼。

明亦阳笑意浓郁，凑到我耳边含笑道："嗯……深藏不露嘛。"

"明亦阳！"我忍无可忍。

下一秒，明亦阳狡黠地吻住我。

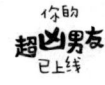

他的唇一直都很温热，人物设定也是吻功一流……

我发怔间，他长驱直入，将我的怒气一点点地转化成绕指柔。明亦阳放开我，故作严肃地教育我："身体被你男朋友看了有什么好生气的，这叫物尽其用。"

"……"物尽其用？成语用错了！根本就是搬起石头砸我自己的脚好嘛！

我恨不得钻进他的脑袋把那坨智商给揪出来，扔在地上踩上几脚。

我推他出门，以光速换好衣服，一出门便看到明亦阳被一个年轻姑娘搭讪。

明亦阳见我出来了，便对那姑娘挥手走过来："走了。"

见我又要生气质问，明亦阳又先发制人："你男朋友魅力无限，可心里却只有你一个人，你不觉得虚荣感得到很大的满足吗？"

我再次败下阵来。

算了，我怎么愚蠢到跟他比气死人的功力呢？

他在我的人物设定补充里可是占尽了好处气死人不偿命的存在。我认命地说服自己，放宽心，不然气死的只有自己，没好处。

一楼大厅，我挽着明亦阳出现，迅速成为周围人目光的焦点。

莫初本来坐在沙发上，也缓缓起身。

我也是凡人，身边站着一个万丈夺目的男友，心里清楚是一件很值得得意的事。

可我看着明亦阳，就像美人鱼在阳光下的最后一支舞，舞毕，就是泡沫的结局。

他越耀眼，我越觉得害怕。

入座后，莫初开门见山，问明亦阳知不知道我遇到了一些麻烦。

明亦阳对答如流，显然是之前就琢磨好了的。

我看准时机插上话，示意莫初可以回去了："你瞧，你也安全把我送到我男朋友身边了，亦阳会照顾好我的。莫初你先回去吧。"

莫初点点头，这时，他的手机响了。

"喂，好，知道了。"莫初挂掉电话告诉我，账本的事有进展了。

我点点头，让他回去把进展传给我。

看着莫初离开，我如释重负地舒了一口气，像送走了一尊神佛。

我看向明亦阳："现在我们去酒吧。"

明亦阳笑："别急，我回去换一双鞋。"

我隐隐觉得他脸色不对，笑得很勉强。

待上了几级台阶后，他忽然身形一晃。我大惊，适时上前扶住他："你怎么了？"

这时候明亦阳还在冲我笑，笑得泛起苦涩："糟糕，我本来想瞒着你的，这身体真不争气。"

我怒，直觉是他和女巫的交换出了问题，我质问他到底交换给女巫什么了。

明亦阳捂着胸口，大喘气地坐在床上说我傻："姜咪啊姜咪，你说说看我除了你设定的超能力之外，还有什么是可以跟女巫交换的呢。"

是了！

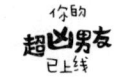

是我给他存在超级银行里的十亿美金可以拿来交换呢，还是我给他画的几十辆超级跑车可以交换呢！

　　我的肺都快气炸了："明亦阳，你是不是疯了！万一铱羽他们来了，还能有什么能力……"

　　话音未落，房间里的灯突然熄灭。

　　紧接着，玻璃啪地碎了。

　　我瞪大眼睛，看到铱羽就这样出现在面前。

　　真是怕什么来什么。明亦阳瞪我，没好气道："你真是乌鸦嘴！"

　　"你怎么没有预感？是你没告诉我！"我恼火。

　　现在不是斗嘴的时候，我心里也清楚。我拉明亦阳站起身，警惕地看向铱羽，思索着到底该怎么脱困。

　　这次，铱羽没有立刻来袭，而是定定地看着我："交出刺青图，我就放你走。"

　　我注意到他说的是"我"，不是"我们"。

　　我看了一眼明亦阳，仰起脖子："刺青图那么重要的东西我怎么可能随身携带。"

　　铱羽皱眉，走过来就要掐我的脖子。明亦阳挡在我面前和他交上手，下一秒便被铱羽掐住了脖子。

　　明亦阳和女巫的交易导致他现在跟个文弱书生没有区别！

　　葛冉老师给铱羽的人物设定是没有废话的超级暴戾者，缺点就是没有耐心。

　　明亦阳拼尽全力反抗，也只是过了几招就被铱羽再次钳制。为了救明亦阳，我情急之下拿起床头柜上的花瓶就往铱羽的头上砸去。

　　房间里随着花瓶落地，死寂一般。

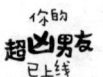

铩羽的头上慢慢地淌下血来，眼里的杀意渐渐沸腾而起。

这时，有人急促地敲门。

"姜咪——姜咪！"

我居然听到了莫初的声音。

时间仿佛冻结。

铩羽一手拎着明亦阳，一手拎着我，将我们腾空，再次逼问刺青图的下落。

我攥着铩羽的手，瞪大眼睛，看着莫初大力踹开门冲进来，伸脚飞踢铩羽。

有人阻止，铩羽将我和明亦阳扔到墙上，利落地跳过床，奔向窗口。

几乎是同一时间，莫初跟着一同跳了窗，追出去。

黑暗下的混乱，在我和明亦阳急促的呼吸里显得格外清晰。明亦阳扶起我："快走。"

我怔了怔，看向他问："莫初也看到铩羽了？"

明亦阳回答："我已经显身，铩羽他们应该也跟着我一同显身了。"

一个世界的气息，是有连带关系的。

明亦阳催促我，我也知道现在不是问这些的时候，于是拉着明亦阳跑下楼，发现整栋楼都没电了。

我拦住一辆出租车坐上去，直接说了"那年此生"酒吧的地址。

明亦阳拥着我安慰道："放心吧，他们伤害不了莫初。"

我现在才觉得后怕，如果刚才不是莫初回来，那我和明亦阳一定逃不掉。

可是莫初的去而复返只能表明我和明亦阳的这场戏没能说

服他。

看来，在莫初那里，明亦阳的身份恐怕是要瞒不住了。

明亦阳皱眉："瞒不住就瞒不住吧。"

他说这话时前所未有的严肃和沉吟。

我不知道他在想什么，只知道铩羽他们好像知道了明亦阳显身的事，所以他们才会弄灭灯光，黑暗潜入，为的就是不留下痕迹。

这样的话，他们就能无所顾忌，更加肆无忌惮。

若我们没有能力守护刺青图，那等于是给他们做了嫁衣。

我问明亦阳他和女巫的交易什么时候结束。

明亦阳闷闷地看向窗外，直到在酒吧门口下车也不理会我的问题。

我拉过他，直视他："无法结束，是不是？"

明亦阳沉默半晌，抬眸："是我不想结束。"

"为什么？"我瞪大眼睛。

他在这个世界没有身份，不回属于他的漫画世界就会有很多麻烦，这些不用我告诉他，他的高智商也能想得到。

明亦阳拥住我："我想光明正大地待在你身边。"

"……"

都说女生皆逃不过甜言蜜语，因为语言自有它神奇的力量存在。我终于能明白那些泡进爱情蜜罐里的女生为了一句"我爱你"可以生可以死。

他的怀抱和话语一样的铿锵有力，我的心越发绵软无力。

竟是我的随口一说，让他笃定地做了这样一个重大的决定。

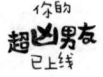

"那年此生"酒吧和别的酒吧没什么不同。

没有舞池，是个听轻音乐、专注喝酒的文艺酒吧。

"那年桃花树，此生可追忆。"我和明亦阳要了两杯鸡尾酒坐在吧台，我琢磨着这句话不由得嘟囔，"桃花树也不会种在酒吧里啊。"

明亦阳没应我，而是直勾勾地盯着一个妹子。

刚才沉浸在心的感动立刻烟消云散得无影无踪，我冷着脸揪住他的耳朵。

明亦阳龇牙咧嘴："你干吗呢？"

"你干吗呢？"我反问他。

明亦阳瞅我一眼，哑然失笑："姜咪，你吃醋了？"

我瞪眼："我是生气。死里逃生来这里的目的是找线索，不是让你耍花花肠子的！"

"我也不是在看那妹子啊，虽然她比你好看。"明亦阳握住我要打他的手，俯身急急说明，"我是在她看手里的酒。"

听到这话，我重新看过去，那妹子手里的酒粉灼天天，酒中还漂着几片桃花花瓣，十分漂亮。

我一激灵，扭头问酒保那酒叫什么。

酒保英文不太好，索性把酒的名牌递给我。

Peach tree。

找到了。

原来，桃花树，是一种酒的名字。

可是这和树灵能源的地图有什么关系？

我望着面前这个不过二十岁出头的年轻酒保，问他有没有笔和画板。

酒保递给我笔，说没有画板，问我纸巾行不行。

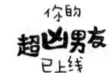

于是我就在纸巾上画下了严冬的肖像。

明亦阳一脸崇拜地看着我："我女朋友真是才华盖世。"

我把纸巾递给酒保，问他有没有见过这个人。

酒保认真地看了看，摇摇头。

我不甘心，让他再看仔细一些，他还是说没有。

就在我以为线索要断了的时候，酒保说他可以帮我问问他的师父。

不一会儿，一个锥子脸、大胸、穿着露背吊带衫的女人走了过来。

她修长的手指夹着一根女士香烟，鲜红豆蔻醒目着妖气，笑吟吟地把目光在我和明亦阳身上来回一遍，最后看向明亦阳。她问："听说你们在找人？"

明亦阳轻轻坏笑，用流利的当地语言和她进行对话。

我一句也听不懂，只能傻傻地看着他们两个人你来我往。

看他的样子是在问严冬的事，可是保不准他是不是在假公济私，毕竟他这个拈花惹草的毛病我可改不了。

我耐着性子听他们说完，明亦阳跟我说："她说她认识严冬，严冬之前总会来这里喝酒找一个叫飘飘的女孩子。"

上流社会的男人都有这样的臭毛病，钟情于哪个"诱惑"，然后就把重要的东西放在"诱惑"的手里。

事不宜迟，我和明亦阳立刻去找飘飘。

穿过半个酒吧，我忽然驻足多了一个心思，扭头去寻那个女人的身影，却发现刚才的大胸女和酒保都不见了。

"糟糕！"原来大胸女就是飘飘！

我急忙找来酒吧老板，问他飘飘的住址。

可当我和明亦阳赶过去的时候，还是晚了一步——飘飘的

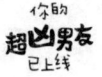

房间已经空了。

　　她提早一步离开了。

　　看来，她知道我们找她是为了什么，第二张图果然在她的手里。

　　我看向明亦阳，担忧道："希望她不要碰到铼羽他们。"

　　明亦阳眉头深锁，没办法和我一样乐观。

　　丢了飘飘，我们只好再想办法。

　　回到民宿楼，莫初在门口等我和明亦阳。

　　我三步并作两步上前："你没受伤吧？"

　　莫初摇头，握拳自责："但我没抓到他。"

　　铼羽身手强悍，莫初没受伤已经很好了，我看向他既感激又生气："莫初，你为什么没回去呀？"

　　莫初盯着我，拿出手机举了举："没办法，警察的职业习惯，认识一个新的人，就会想要查一查。结果……"

　　"结果查无此人。"明亦阳截过话头，上前一步道。

　　"你到底是谁？"莫初拽过明亦阳的衣领质问，"你接近姜咪到底有什么目的？"

　　他们近在咫尺地互相逼视，谁都插不进去。

　　我深深地吸了一口气，用尽全力把莫初和明亦阳分开："他是我笔下的漫画人物。"

　　莫初缓缓扭头，怔怔地望着我："你说什么？"

第五章
从此无心爱良夜

明亦阳看向我，目光复杂。

莫初怒极反笑："你……你说什么呢，姜咪。"

"他是我笔下的漫画人物明亦阳，所以你就算查到死也不会查到关于他的个人资料。刚才攻击我们的人也是从漫画里出来的，名叫铩羽，因为明亦阳……现在他显身了，所以你才能看到他，看到铩羽。"我如实交代。我知道我现在说出来的每一个字听在莫初耳朵里是有多荒诞，但我没有说谎，所以我的神情诚恳得让他无法反驳。

莫初想到了什么，拿出手机翻到我的漫画，把漫画里的明亦阳的头像对比现实中的明亦阳。

还有刚才的铩羽。

就像拿着照片对比本人一样。

莫初不信又不屑的神情慢慢变得惊惧，随后再次看向我："我怎么知道你不是对比他们创作的漫画？姜咪，你不觉得你让我相信这番说辞太荒诞了吗？"

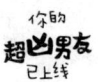

我叹了口气，提醒他这本《此王凶萌》最初的创作者是葛冉老师，不是我。

明亦阳是早就存在的。

"我知道让你现在马上就相信我说的这一切太过勉强，可是莫初，我真的没有骗你。"我把我之所以出现在X集团的晚宴上，以及之后频频出现在案发现场都是因为要找树灵能源的分布地图的事，和盘托出。

我毫无隐瞒，就是为了让莫初站在我这边，成为我的帮手。

见莫初还是转不过弯来，明亦阳不耐烦地瞪他："这个世界上，你不相信的事不代表就不存在。"

莫初抹了一把脸，双手叉腰侧过身去，他在消化我给的信息。过了一会儿，他像想到什么，看向我："好，既然他是你笔下的漫画人物，你可以用画画来控制他。那你在我面前画，证明给我看。"

莫初指着天空说如果我能把明亦阳画到天空上去，他亲眼所见就相信我讲的一切。

我还没同意，明亦阳就挑眉一笑，戳着莫初的胸一字一句道："行，让你开开眼，到时候你别吓着才行！"

用夸张的手段来证明荒诞的言辞，我知道也只有这个办法最简单直接。

我带莫初和明亦阳回民宿的房间，拿过画板。

我说："莫初，把明亦阳画到天空上去，被别人看到了会挺吓人。不如我把明亦阳画到天花板上去，你看行不行？"

莫初检查了一遍房间，确定我没有什么魔术手段使坏后终于同意。

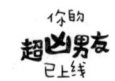

于是我在画板上画下了房间里的布置，最后把明亦阳画到天花板上，比出一个剪刀手。

　　为了表达效果，我标注了效果字：弹起。

　　于是，莫初眼睁睁地看着明亦阳从地上弹到天花板上的全过程。

　　明亦阳恼羞成怒地瞪我："姜咪，你就不能温柔一点？还有，我为什么要比这么土的手势啊？"

　　我看向莫初："这下你相信了吧？"

　　莫初后退两步，靠着桌子不说话。

　　我把画板上的图都擦掉，明亦阳便又回到了地上。

　　我看向莫初："如果我和明亦阳不能先铩羽他们一步找到树灵能源的其余五张地图，漫画世界就会失控，倾轧现实。莫初，我需要你的帮助。"

　　莫初说："怎么帮？"

　　"我们查到严冬把第二张刺青图交给了一个叫飘飘的女人。我们刚去到她家，她逃跑了。"

　　莫初皱眉："在N国找一个人，用我的身份可不行。"

　　明亦阳冷哼："那就是说你帮不上什么忙了。"

　　莫初眼睛一扫："你不知道我有时可以比流氓还流氓吗？"

　　我用眼色示意明亦阳少说两句。

　　莫初的意思是找飘飘这样的人，得去她那个圈子里找。

　　这个世界看似很大，其实每个人都不自由，都会困在自己熟悉的范围内。

　　我点头："那我们兵分两路，谁有消息了立刻给对方打电话。"

莫初点头，拉我的手："那你跟我一队吧。"

明亦阳右手斩开莫初的手腕："喂，你搞清楚，姜咪现在是我女朋友，怎么可能跟你一队？"

莫初冷冷地看向他："再遇到袭击，你能保护得了姜咪吗？"

明亦阳回应："我能。"

莫初皱眉："现在不是逞强的时候，刚刚你不是被掐得毫无还手之力吗？"

明亦阳被噎得干瞪眼。

眼看火药味又要燃起，我赶紧说道："好了好了，我们赶紧分开来找吧。我不懂N国语言，需要明亦阳在身边当翻译。"说着我就抓过包和明亦阳走出房间。

一直走出民宿，我就放开明亦阳，扭头迎上他阴冷的目光。他说："姜咪，我就是你的翻译是吧？"

我索性捂住他的脸，啪地在他嘴上啄一口："乖，我们赶紧找飘飘好吗？"

看某人绷紧的笑容，我只能默默地在心里呐喊，现代社会里的二十四孝好男友，把女友当成公主一样哄的这些现象果然都是别人家的，压根儿和我一点关系都没有！

飘飘应该是那个女人的艺名。

潜进N国的红灯区，我默默地躲在一旁，看着明亦阳去打听。要知道，一个帅气的男人去找一个酒吧女，不会引起别人的注意和怀疑。

铩羽的突然出现，让我还是十分后怕地环顾四周，怕他再次追击过来。

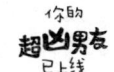

我没看到铩羽，却看到了另一位从漫画世界来的人。

她于我而言，再熟悉不过。

因为是我亲手创作的她，在续葛冉老师的漫画中我觉得明亦阳身边需要一个这样的新鲜人物出现——

月萧。

漫画世界里魔界的公主。

铩羽、玄凤、子星便是月萧的手下。

她居然也来了。

一种透心凉的感觉从脚底噌地爬上头皮，我石化了。

我就这么怔怔地看着她走向明亦阳，一点声音都发不出来。

明亦阳和月萧靠着吧台。

明亦阳一身黑色西装，月萧一身红色包裙，两个人挨近的画面弄上画框十分养眼。

我头顶亮起了警报器——我的情敌出现在了我的世界里。

月萧就像所有的女配那样漂亮得不可方物。

她的一头大波浪红发妩媚异常，随便一笑便是倾国倾城，要说美到什么程度，引用一句古典最能形容：牡丹花下死，做鬼也风流。

明亦阳并不好奇月萧的出现，他和月萧谈了几句后，伸手指向了我。

我心下一沉，月萧顺着他手指的方向，看到了我。

我想当下我的反应一定很傻。

明亦阳朝我走来，我看清他脸上的凝重神色。

他没有多话，而是拉我下椅子，低声道："走。"

我越过明亦阳的臂膀，和月萧眼神交涉后，迅速转身。

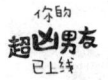

走出酒吧，明亦阳对我说："我把查到飘飘的事告诉月萧，以此作为放走我们的条件。"

我蹙眉，心里憋屈得慌，这样的无奈退让只会让我们陷入绝境。

"当然，我们也不能一味地一退再退。"明亦阳似乎看穿了我的心思，把我的担忧说出来。

我见他眉光有神，一副想到了办法的样子，用手肘捅他："别卖关子，快说。"

"既然我们都到了现实世界，那当然是用现实世界里的规则来制约他们呗。"明亦阳瞅我，"你不是找了莫初这个好帮手吗？"

我懂了，明亦阳的意思是，可以让警察来牵制月萧、铩羽他们。

我忍不住感叹："智商高的人果然很邪恶。"

明亦阳哼笑，刮我鼻子："少贫嘴了，赶紧找飘飘。"

我们绕着红灯区穿梭每一间大小酒吧，提到飘飘，大家都像说好的一样摇头直言不知道。

不管那些人是不是真的不知道，如果都闭口不言，那就得不到消息。

就在我有些心灰意冷的时候，一个声音在身后幽幽地响起："你们在找飘飘？"

我和明亦阳扭头，巷弄口倚墙而立的是一个穿着碎花大长裙的姑娘，修长的手指夹着一根女士香烟。

刚才的那句话是她说的。

我一听，感觉有门，急忙走过去："姑娘你认识飘飘？"

姑娘扫了我一眼："你们为什么要找飘飘？"

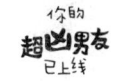

我说："我们有要紧的事找飘飘。"

姑娘吸了一口烟，目光缥缈地扫了一圈，把烟扔在地上，什么也没说转身就走。

明亦阳上前一步："我们有重要东西落在了飘飘那里，急着取回。"

姑娘的高跟鞋停住了。

我刚想责备明亦阳为什么这么快就交了底，这时姑娘扭头问明亦阳："我如果告诉你，我会有什么好处？"

明亦阳反问："你想要什么好处？"

姑娘笑意渐浓，踏步到明亦阳身前："我想要你陪我一晚。"

我瞪大眼睛，看着明亦阳竟点头答应了。

该死的明亦阳！该死的色女！

该死的两个人完全当我是透明的！

可是飘飘的下落又实在重要，我气愤地拿出画本和笔，想要给明亦阳一点教训。

不过最后，我还是眼睁睁地看着他拥着那姑娘离开。

我走在街上，心里像开垦了一片醋海。

原来，我也会吃醋。和莫初谈恋爱的时候，我只吃过他工作的醋，看到他和别的女生在一起压根儿就没有这种感觉。

这时，手机响了，是莫初。

莫初问："我这边暂时没有进展，你们那边呢？"

我闷闷道："现在没有，不过很快就有了。"

莫初敏感地感觉到我语气不对劲，便问我在哪儿。

我看了一下街牌，拍下来发给他。

不一会儿，莫初赶到了。

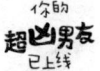

他见我身边明亦阳没在，问我明亦阳在哪儿。

我闷闷地道："遇到一个美女知道飘飘的下落，他去套消息了。"

莫初好整以暇地瞅我："吃醋了？"

我瞪眼哼哼着："才没有！我哪有工夫吃飞醋，还是他的！"

莫初轻轻地叹了口气，苦笑扬唇："你知道吗，姜咪，以前你和我吵架的时候也是这样口是心非的。"

"……"我没再接话。我知道我心里吃醋得厉害，只是不愿意承认罢了。

莫初带我到旁边的餐厅吃饭，他还记得我最喜欢吃的是火锅。

就着一个小锅，看着锅汤咕咕冒泡，特别有幸福感。

莫初给我夹菜，我微微一怔，没有立刻动筷子。

"怎么了？"

"没，没什么。"我顿了顿，"只是好久没吃火锅了，明亦阳不喜欢吃火锅，他喜欢吃意大利面。"

莫初有些被打击到，缓缓地把筷子放下，望着我："其实我到现在都还消化不了这个事实。我没想过我会输给一个漫画人物。"

我抿唇。

想当初明亦阳从漫画世界里跳到我眼前时，我也是缓了好久才接受的。

至于输赢……我又何曾想过我会喜欢上一个漫画人物呢。

想到正经事，我回神道："莫初，月萧她也从那边过来了，我们对抗不了，现在只有你能帮忙。"

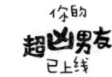

105

我把明亦阳的意思转达给他听，他点点头："这个可以。不过他们都是没有身份的人，即便是发布国际通缉令，也要想办法给他们设定身份。"

我直视莫初："这个世界上没有身份的人太多了，失踪的人、雇佣兵等等，只要合适，他们可以是任何一种。"

莫初又给我夹了一块豆腐："好，我会去办。安心吃吧，你都瘦了。"

我给了他一个感激的微笑。

就这样，莫初陪我回到民宿。我一个人待在房间里等着明亦阳，来回踱步，才明白什么叫心急如焚。

既希望他能带回飘飘的消息，又不希望他带回飘飘的消息，还要担心他的安危。

偏偏我还接到了编辑的催稿电话，问我能不能加更一章。

"姜咪，读者反响实在热烈，你就当发福利了！"编辑乐呵呵地给我加派任务。

我把笔记本电脑打开，脑子里冒出明亦阳轻快地答应陌生女离开的画面。

好，要福利是吧，那我也给自己发一发福利。

在等明亦阳的工夫，我加更了一章。

等我困了倒床上睡了一觉再睁开眼睛时，天已经亮了。

明亦阳居然还没有回来。

在空荡荡的房间里，我的心一点点清醒，再一点点冰凉。

我好像能看到明亦阳在另一个女人的床上醒来的样子……

我怒从中来，猛地从床上弹起来大叫："明亦阳——你浑蛋——"

骂完，我的眼泪哗哗地流了下来。

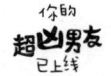

就在我准备要好好地痛哭一场时，一个声音从窗口传来："你骂谁浑蛋呢？"

我一怔，看向窗口，只见一个脑袋慢慢出现，然后一双熟悉的眉眼朝我笑，最后爬进来稳稳落地。

"啧，这习惯了光速移动，现在变回普通人连爬个窗户都费劲。"明亦阳拍了拍自己的身体，看着站在床上瞪眼不语的我，张开双臂，"怎么，不准备给我一个大大的拥抱吗？"

我抓起床上的本子就扔向他。

明亦阳敏捷地接住，瞪大了眼睛望着我："姜咪，你没搞错吧？"

我含着泪骂道："你怎么现在才回来？"

明亦阳神情耿直到让我更加生气："自然是办要紧事。"

"要紧事？哼，你的要紧事就是跟着一个不认识的女人一夜春宵是吧？"我怒极反笑。

明亦阳怔在原地，望着我："姜咪，你……吃醋了？"

"对，我吃醋了！你头也不回地跟着那个女人走了，把我留在原地！"我再也憋不住，号啕大哭起来，"我不仅吃醋了，我还伤心了！你一个晚上都没有回来，明亦阳你故意的！"

明亦阳就这么"冷血无情"地望着我："我不是故意的。不过，我要是知道你会为我流眼泪，我也一定会故意到现在才回来。"

我蒙了，没反应过来他这话的意思。

他走过来，用力地拉过我的手。

他弯下腰，吻住我。

阳光静静地从窗口倾泻进来在墙面泛起好看的波光，温暖

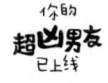

着我和他之间的亲吻。

　　不知道过了多久，明亦阳放开我，狡黠地扬唇："放心，我没做对不起你的事儿。昨晚我把那女人灌醉后拿到飘飘的下落，直接就去找飘飘了。"

　　我赶紧问："找到了没有？"

　　明亦阳摇头："还是去晚了一步。我看到了月萧留下的标志，他们捷足先登了。"

　　我蹙眉，第二张刺青图落在了他们的手里，也就是说我们再留在N国也没什么意义了。

　　"去叫莫初买机票回国吧。只能看看在账本方面，能不能先他们一步了。"我说。

　　明亦阳悻悻感叹都没观光过N国的风景名胜，略有不甘地嘟囔："我们现在就要回去了？"

　　我和明亦阳走出房间，刚要敲莫初的门，莫初就一把打开了门，看到我和明亦阳，他顿了顿道："我们需要马上回去，刚刚接到电话，Y集团的总经理失踪了。"

　　我和明亦阳面面相觑，Y集团的总经理？

　　Y集团和X集团一样，都是家族企业。Y集团的董事长白起有两个儿子，大儿子白军是副董事长，小儿子白浩是总经理。

　　好好的，怎么会失踪？

　　明亦阳还没有身份，我们去到码头直接上了黑船。

　　莫初已经通知他同事在岸边等着我们了。

　　船舶摇摆，我坐在莫初和明亦阳中间，一时无话，气氛很安静。对面几个乘客都闭目养神地仰着头。

　　天渐渐昏暗下来，船里不开灯，微弱的光线一点点掩盖掉

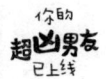

每个人脸上的愁容。

莫初忽然开口："明天这个名字怎么样？"

我怔了怔，看向莫初，莫初的目光却越过我看向明亦阳。

我意识到莫初是在思考给明亦阳设立身份的事。

明亦阳皱眉："为什么要改名？我行不更名坐不改姓，明亦阳挺好。"

我明白莫初的意思，明亦阳是从漫画里走出来的，国内到处都有漫画迷，漫画迷的眼睛太尖了，长得一模一样，名字再一模一样，很容易引起猜测。

我扭头看向明亦阳，一脚踩上他的脚背："我觉得明天挺好听的。"

明亦阳脸上肌肉跳都没跳一下，定定地看着我："你们真觉得改个名字就成了？那我是不是还要去整容整得丑一点？我的存在天生就这么耀眼不可平凡，请你们正视这件事好嘛。"

"……"

我默默地把脚挪开，看向莫初："你决定就好。"

"喂，姜咪！"某人表示对我的忽视很气愤，但我选择继续忽视。

凌晨，我们回到了国内。

上到岸边，莫初的同事靠着车门已经等了好一会儿的样子，一见到我们就掐掉手里的烟，快步走来。

"老大，你总算回来了。"穿着黑色夹克、头发浓密散乱的男孩儿走过来拍莫初的肩，疲惫的脸上满是欣喜的神情，仿佛看到了救星。

莫初点头："曾凡，到底怎么回事？"

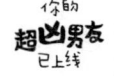

曾凡张了张嘴："先上车再说吧。"

我们上车坐到后座上，坐在副驾驶座上的曾凡扭头看向莫初："老大，据白家报案到现在，我们可以确定的是白浩失踪已经超过三天。没有赎金电话，基本上可以排除是绑架。"

莫初没说话。

曾凡又道："局长亲自过问，Y集团施压，我们压力很大，已经派出所有能派的警力设关卡点到处去找，可是至今没有传来任何关于白浩的消息。"

莫初点头，指了指我和明亦阳："这样，先送他们回去。"

曾凡这才正眼看向我们，意识到我们的存在，自觉说得太多故而低头："是。"

我轻轻地拍了拍莫初，莫初重新抬眸："对了，那账本的事查得怎么样了？"

曾凡看向我和明亦阳。

莫初说："没事，你说。"

曾凡顿了顿道："已经翻译出来了，但还是看不懂。"

"你能不能说话说完整一点？什么叫还是看不懂？"我忍不住开口问。这个曾凡说话真让人着急。

曾凡从口袋里掏出一张纸递给莫初。

我凑过去看，上边除了X集团严冬、赵艳雪、赵远山几个股东的名字之外能清楚知道谁是谁之外，还有一部分名字是化名。

诸如天空、甘盐、桃渚这类虚无不着边的名词。

这是明面上的加密。

也就是说，只有他们自己知道谁是谁。

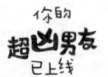

我和明亦阳四目相对，同时明白了下一步该去找谁。

我看向曾凡："账本破解信息，都有谁知道，是否保密？"

曾凡一愣，没有立刻回答我的问题。

莫初催促他快说，他才回神道："老大你特别交代，所以破译员破解出信息之后，我就直接拿过来了，并没有经手其他人。"

我有些兴奋，催促车子开快点，直接把我和明亦阳送到市中心随便哪个路口就好了。

下车的时候，莫初拉住我的手示意我小心一点，明亦阳则直接扯过我的手就走掉了。

我和明亦阳以最快的速度赶去赵远山的别墅，好像只要见到赵远山，账本上的秘密就会迎刃而解，好像剩下的几张刺青图就不费吹灰之力可以得到了。

可是当我们赶到的时候，赵远山的别墅居然空了，连保安都没在看门了。

这气氛不对，我眼神示意明亦阳。

明亦阳让我在原地待着，他进去看看。

"喂，你现在已经没有法力了，比我还弱呢，逞什么英雄！"我拉住他。

明亦阳捏了捏我的鼻子："笑话！我再怎么弱，还是男人好嘛！"

这下我哑口无言了。看着他的笑容，我只好叮嘱他小心一点。

明亦阳点点头，捧过我的脸吻了一下。

见明亦阳钻进没有关的铁门里不见了，我的心不由得悬在了嗓子眼。

等待是最磨人的，我感觉明亦阳进去了很久都没有出来。

我在心里默默地倒计时十下，决定不等了，进去看看。

别墅前庭没有人。

我进到客厅，环顾一圈，确定没有人，便压低声音喊明亦阳的名字。我忽然无比怀念明亦阳随时随地出现在我身边的那种便利。

做回凡人的好处有很多，但坏处也是不少。

一楼没有明亦阳，我只好快步上二楼。

我看到了一个黑影。

我走过去，明亦阳就立在窗边，背对着我，像中了邪一样站在那儿一动不动。

我吓了一跳："明亦阳!"

明亦阳扭过头，对我说："姜咪，你看，这是什么。"

我顺着他手指的方向看过去。

我看到墙上，有一个银灰色的十字形标志。

这是漫画里我设定的封印暗黑势力的标志。

怎么会出现在这里?

我环顾四周，没有被任何入侵的痕迹，东西也是摆放得整整齐齐的。

赵远山这是被月萧、铱羽他们带走了吗?

我有些沮丧，拼尽了全力，线索到底还是又断了。

明亦阳打了个哈欠："算了，姜咪，我们睡一觉吧。"

看他就要就地躺下的模样，我瞪眼："在这里?"

"对啊，在这里。"明亦阳用脚指了指封印标志，"这里再安全不过了。"

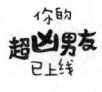

说着他拉我从书房出来去到隔壁，也不脱衣服，直接就往床上躺去。

"嗯，还是习惯这样的挑高。"明亦阳看了一眼天花板，瞅着我，"还不躺下等什么呢，你就算是无敌铁金刚也是要睡觉的吧。"

我才不是什么无敌铁金刚，支撑我这么没日没夜颠簸的不过是一腔意志。

现在看着他和绵软的大床，意志的弦一下子松散下来，困意就上头了。

我顺从地爬上床，钻入明亦阳的怀抱，秒睡。

我竟梦到了葛冉老师。

梦到那天我在葛冉老师的床头，她把她的手稿交到我手里的时候对我说："姜咪啊，我们画漫画的都知道，只有相信这个世界的存在，才能画出作品的灵魂来。"

她的谆谆教导言犹在耳，她紧紧握住我手的温度，真切得不像是在梦里。

醒来后，我发现明亦阳不在床上了。

我走出房间，扶着楼梯口便闻到了香味。

探头一看，明亦阳正在往餐桌上端早餐，感觉到动静，他抬头冲我咧嘴笑："醒了？快下来吃早餐。"

我下楼，看着他把昨天的外套反穿，腰间系着黑色围裙，一副居家好男人的帅气模样。

我忍不住笑："你还真把这儿当你自己家了啊？"

明亦阳挑眉："比起我的家还差点，不过比你那儿好太多。反正看样子赵远山是凶多吉少了，不住白不住。"

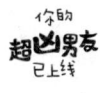

我意识到他说的是他在漫画里我给他画的大房子。

我拉过椅子坐下，眼前是精致的三明治和燕麦粥，耳边是他叨叨念着他十几辆法拉利超跑的声音。我抬眸，很认真地说："明亦阳，你和女巫的交易能取消吗？不然你还是回到漫画世界里去吧。"

明亦阳一愣，赶忙笑道："不不不不，我不是向你抱怨的意思。"

"我知道。"我点头，"我只是想说你没错，那才是你原本拥有的生活。"

"我在漫画里的那些，是你给我的。现在，我要靠我自己挣到那些。"明亦阳傲娇地扬起下巴，"你觉得我做不到吗？"

他的自信就像是他那好看的皮囊，与生俱来。

阳光都不及他自信的光芒。

我笑着点头："怎么会，现在可是看脸的时代，你只要靠脸就可以了。"

明亦阳咯咯笑，不置可否。

三分钟后，明亦阳很认真地问我："姜咪，我真的可以靠脸吃饭吗？"

我看到他眼底有隐隐的不安在闪动。

应该是从莫初要给他改名开始，就激发了他心里对未来的不安吧。

易地而处，如果我是他，我也会想到现实问题，身上的一切都不被这个现实所承认，只剩下好看的皮囊是真实的。

好像是有目标的，但又好像是迷茫的。

我握住他的手，微笑地鼓励："你长得这么好看，捧你当

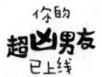

个大明星，我当你经纪人，绝对没问题。现在是粉丝经济，很快你就又能过上之前的生活了。"

明亦阳反握住我的手："这样好，到时候你就不用画得那么辛苦了，只要依赖我就好。"

我笑着点点头。

和喜欢的人商讨未来，是一件很幸福的事。

可是那一点讨人厌的清醒不停地提醒着我，我现在承诺下的每一个字，我握住他手心的温度都是那么不切实际，像立在雪山之上随时会崩塌。

早饭过后，莫初打来电话。

昨晚他担心我，打来好多通电话，我都没接。

我看了一眼假装什么都不知道的明亦阳，只好怪罪"手机君"根本就没响过。

莫初问我这边有没有什么进展。

"没有，赵远山不见了。"

莫初叹了口气："白浩也没有消息。"

莫初问我："对了，针对月萧、铢羽他们的通缉令已经发出了。明天的身份也弄好了，你要不要过来看看？"

我赶紧说好。

从赵远山的别墅出来后，我和明亦阳打车去警察局。

当明亦阳拿到他的身份证后，脸上的神情还真是不可名状。

向莫初道谢的事情只好由我代劳。

莫初摇头："你跟我还说这么见外的话做什么。现在他是M国侨民，姓名'明天'，年龄二十五岁，来自洛市。我是把他当成重要案件的秘密证人处理才能给到新的身份。"

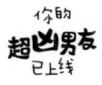

明亦阳哼哼："明天？那我的英文名字是Tomorrow吧。"

我捂住明亦阳的嘴，看向莫初："你说，白浩的失踪会不会跟那个账本有关？"

莫初眯起眼睛："暂时还不清楚。不过Y集团和X集团是有生意上的往来，赵远山和白起也是多年好友。"

我垂眸，是了，现在看来，可能性太多。

就在这时，明亦阳清了清嗓子慢条斯理道："Y集团要拍新一季的广告了。"

我刚想反驳他说这个干吗时，话到嘴边看着他那张出众的脸，突然明白了他的意思。

我看向莫初："我想，我们可以分头行动。"

有了身份，就好办事。

明亦阳对这个世界展现出孩子一般的兴奋。

我被明亦阳拉着进百货商场买衣服，买手表，买鞋子，最后还被拉着去买车。

我吓得直接腿软瘫坐在宝马4S店门口。

明亦阳望着我特欠揍地问："姜咪你怎么了？"

我扯着颤抖的嘴角，笑出声来："明亦阳，你当我开银行的呀？你这么个买法，我要破产了！"

明亦阳特委屈地看了看宝马4S店："可我只是想买一辆普通的车。"

我在心里呐喊：这还普通？普通的是指那些QQ、大众好吗！

不过我没喊出声，大街上人来人往的，丢人。

我拽着明亦阳往回走："等你赚大钱，直接买好的。现在

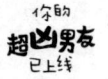

你好好装扮一下，我们这就去娱乐公司。"

　　要想接近Y集团的高层，最快的办法就是接上Y集团这个新的广告。

　　而要接上这个广告，明亦阳就要签娱乐公司。

　　所谓近水楼台先得月，Y集团旗下的红白娱乐公司是我给他选的。

　　进入大厅，踩着灰白简约的大理石地砖，来到前台。

　　前台小姐被戴着墨镜的明亦阳深深吸引住，目不转睛地望着他直接忽视了我的存在。

　　我叩了叩台面，问："请问经纪人办公室在几楼？"

　　前台小姐露出花痴微笑，机械地回答我："在四楼……"

　　我拉过明亦阳道谢。

　　进电梯来到四楼。

　　看着安静的走道，我有些茫然，哪个是经纪人啊？

　　这时，一个留着短发外卷、穿着白色包裙的女孩儿一边低头翻着文件夹一边从办公室里走出来。

　　明亦阳越过我，一个箭步上前故意撞上她。

　　我眯眸，看着他适时地扶住女孩儿。

　　他开口："请问，这位小姐——"

　　又是一个被明亦阳美色所迷惑的女孩儿，我默默旁观，感叹他这张脸真好用。

　　"嗯？你说？"

　　明亦阳问："我是新来的，想要毛遂自荐当明星，我该去找谁面试呢？"

　　明亦阳故意发射的低音炮让女孩儿抖了一激灵："你跟我来。"

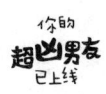

117

明亦阳点头，回身冲我狡黠一笑。

就这样，我和明亦阳见到了首席经纪人米洛——一个喜欢说话时夹带英文的中年男人。

戴着金丝边框眼镜，斯斯文文的，身上的古龙水刺激嗅觉，格子西装显得他像一根精致的筷子。

他一看到明亦阳，就惊为天人；明亦阳聪明地迎合着他的说话习惯，顺便还秀了一下流利的英文。

简短谈了半个小时，米洛就要签下明亦阳。

明亦阳拿下墨镜，见状，我插话说："米先生，签合同有一个条件，那就是拿下Y集团新一度广告合同。"

米洛终于拿正眼看我："请问你是……"

"我是姜咪。"我顿了顿，看向明亦阳，"他的女朋友兼经纪人。"

米洛的脸色阴了一下。不过他也只是阴了一下，用钢笔敲桌面："好啊，没问题。正好我们在做新人的策划递交表，我现在就安排你去拍画报。"

米洛也是飞速，一个电话，就有人来敲办公室的门，带明亦阳和我去化妆间。

化妆间里的化妆师和助手们都是女的，要说她们也是见过无数明星的，可看到明亦阳的时候还是惊为天人般激动。

也是，人总是对赏心悦目的东西爱不释手的。

其中一个女孩儿盯着明亦阳的脸，很认真地对他说："帅哥，我觉得你和一部漫画的男主角好像啊。"她应该是看过我的漫画。

我瞅向明亦阳，他淡定地主动提到《此王凶萌》，还对她说，不止一个这么说过。

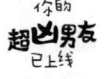

我就在旁边默默地看着，他被众星捧月地对待，做造型。

等得有点累了，我打了一个大大的哈欠，转头间就看到明亦阳顶着一脸的精致妆容出现在我面前。

经过一番打理之后，明亦阳越发熠熠生辉。

常看他的我，都忍不住犯了一会儿花痴。

因此，某人越发得意了。

摄影棚里，摄影师对着明亦阳狂按快门，他也真是天生的明星材料，随便一个Pose都像受过训练一样，非常到位，惹得大家连连叫好。

我仿佛能看到源源不断的钞票滚滚而来。

米洛信心满满地说他相信一定能和我们签约，并迫不及待地要给明亦阳安排住处。

明亦阳抢先一步拒绝了，留下号码说Y集团的广告敲定后再打给他。

我和明亦阳回到家里，静候佳音。

这漫画世界回不去，明亦阳的时间突然变得很空很多，他嚷嚷着要我陪他。

我略无奈地打开电脑，表示我得更新漫画。

"那好，你去拿点零食来，我帮你一起画。"明亦阳托着腮帮子拉了一把椅子过来。

我一听，这敢情好，他画画虽然不是很厉害，但上个色还是没有问题的。

我屁颠屁颠地去厨房拿吃的，结果就听到他一阵一阵地咯咯笑着。

我狐疑地回来，看到他托着腮帮子盯着电脑上最后更新的

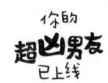

内容。

我立刻肠子都悔青了，要把他的眼睛戳瞎——

在N国吃醋跺脚的画面、痛哭流涕的画面全都在上面！

我气急败坏地捂着他的眼睛大叫："我不要你帮忙了，你赶紧走！"

明亦阳扯过我的手，揽过我的腰，用甜腻腻的眼神看着我说："姜咪，我们也上传一点发糖的情节给书迷朋友吧，他们也需要福利嘛，你说呢？"

我涨红脸，看破他这独一无二的撩妹套路，歪头道："你想骗我和你恋爱啊，门儿都没有。赶紧让开，我要画画了。"

明亦阳正儿八经地点头："没门的话，我们就关窗吧。"

我一愣没反应过来，他就将我抱起扔在了旁边的沙发上。

明亦阳整个压上来，然后，我感觉到自己的裙子被掀了起来。

该死，还没关窗呢，我家住二楼！

他扳过我的脸，根本没给我说话的机会……

事后，我从地上抓起衣服遮住胸口。

明亦阳满意地舔唇："这样，发糖情节就有了。"

"……"这哪是发糖情节，这……是限制级。

我羞红脸，低头闷声道："这种情节不能播……"

"是吗？那就只能我们自己共享了？啧啧，真是太可惜了。"明亦阳耸肩，走掉了。

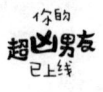

于是，在浪费了两个小时后，我还得爬起来到电脑前默默耕耘。至于不能播的画面我比较辛苦地处理了一下马赛克还是放了上去。

平心而论，这样的情节的确……咳咳，还是比较受粉丝欢迎的。

然后当我上传后，我看到了最后自动浮现的彩蛋：

月萧、铩羽几个人出现在不明仓库里，吊打着赵远山。

赵远山已经奄奄一息。

第六章
你是我的睡梦轻轻

　　我拿到了第一张刺青图，月萧、铄羽他们拿到了严冬放在飘飘那里的第二张刺青图。

　　从数量上来说，是旗鼓相当。

　　他们拷问赵远山，应该是为了那个账本的消息。

　　现在他们是通缉犯，也没有漫画世界可以藏匿，行动没有之前那么方便了。

　　想来赵远山一直没告诉他们想要的，所以才能苟活于世。

　　能撑到这个时候没开口，赵远山也算是了不起，不过我不确定他是不是能继续了不起下去。

　　当务之急，是要找到那间仓库的地址。

　　我仔细研究上传的几格漫画，仓库里的光线，以及一些放大后依稀可以看到的木条箱子。

　　经过计算和筛选，应该可以排查到。

　　我暗戳戳地瞅向在我视线范围内晃荡的明亦阳，就是不敢叫他。

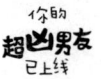

我是在有点犯晕的情况下被明亦阳吃干抹净的，虽然我内心也是欢喜的。

可这一切来得太快，我……我还是有些尴尬的，还做不到和他一样自然……

经过深思熟虑，我决定舍近求远，去找莫初。

我特地等明亦阳拿水进卧室时，抓过包起身。

"你去哪儿啊？"

我默默驻足，无语扭头。

某人穿着浴袍，靠门边幽然望我。

我赔笑，不知道为啥，气场瞬间变弱："我……"

"刚和我Happy完，转身就去找前男友，这样不太好吧？"明亦阳挑眉。

我目瞪口呆："你……你怎么知道我要去找莫初的？"

明亦阳目光幽怨，仿佛看着智商堪忧的重症患者："你除了他还有谁可以找？"

"……"我哼哼，"赵远山被月萧、铩羽他们带走，快要一命呜呼了，得去救他。"

说话间，明亦阳已经坐在电脑前，用后脑勺对着我，没一会儿就扭头对我说："赵远山应该在一号码头。"

"你怎么知道？"

"算出来的。"

"……"我服了。

我因为尴尬而选择舍近求远，最后还是被明亦阳直接KO了。

明亦阳起身摸我的头，十足十地假笑："你去找莫初，也没有这么快拿到结果。"

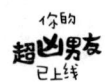

“……”

他飞快地换上衣服后，和我一同前往一号码头。

一号码头以前是工业区，后来工业区搬了就弃着很多仓库，久而久之就荒废了。

我和明亦阳来到一号码头。看着这密密麻麻的集装箱还有一些挨着的平顶仓库，我一时头大。

我迷茫地看向明亦阳：“能算出具体位置吗？”

“我又不是神仙。”明亦阳哭笑不得。

我好不容易逮住机会损他：“哦，我以为你能算出具体位置。这样的话，我不还是得要找莫初？”

话音刚落，明亦阳捂住我的嘴将我拖到一旁：“嘘——”

我顺着他紧张的目光看过去，是玄凤和子星。

明亦阳压低声音：“他们知道我们一定会找过来。”

我凝眉，玄凤和子星已经按捺不住地出来找我和明亦阳的踪迹了，那现在我和明亦阳绕过他们进去，正好可以试试救出赵远山。

我轻轻地拍了拍明亦阳的手，示意他赶紧走。

很快，我们听到铩羽拷问赵远山的声音，顺利地找到了他们的落脚点。

透过没有关紧的铁门往里看，昏暗的光线下，赵远山双手用冰冷的铁链绑在两边的挂钩上，低着头发出痛苦的呻吟。

我没看到月萧。

明亦阳说：“等一下我进去拖住铩羽，你赶紧带赵远山离开。”

明亦阳不是铩羽的对手，但现在这个情况也只能这么办

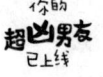

了。

刚刚我用短信通知了莫初，只能期盼莫初可以赶紧带人过来。

时间不等人，再这么打下去，赵远山就要挂了。

我躲到一旁。

明亦阳推开铁门高喊："铄羽——"

铄羽放下手里的鞭子，缓缓转头，脸上浮起瘆人的笑意，一副等了明亦阳好久的样子。

我莫名心惊。

明亦阳的影子投在前方，一步步随着脚步挪近且遮盖住铄羽的身影。

"在这里打一个奄奄一息的人有什么意思，不如跟我打打看吧？"明亦阳吸吸鼻子，用大拇指指了指自己。

铄羽挑眉："你？不够格，太弱。"

明亦阳哼哼："你是说在N国的时候啊？此一时彼一时了，现在我们都在现实世界，你的力量也已施展不出。现在我们就是正经的男人之间的对战。怎么样，敢不敢？"

明亦阳在激他。

铄羽扔掉手里的鞭子，歪了歪脑袋，活动关节发出瘆人的啪嗒声："明亦阳，你居然用自己不灭的寿命换得出镜在现实世界中，值得吗？"

我本来集中精力绕到赵远山身后的，听到这句话时不由得僵住了猫着的腰。

一丝涌起的异样感被压制着，我一直好奇明亦阳到底答应了女巫什么，竟没想到是这样深重的代价。

明亦阳微微一怔，和我四目相对。

光线太暗，我看不到他脸上的神情，那一秒对视，我似乎看到了我平时没有看到的明亦阳的另一面。

很后来的时间里，我都不知道铩羽说的话，有多严重。

明亦阳笑着摆摆手："铩羽，你今天的话怎么这么多？"

我一怔，被明亦阳的话给触动了，我回了神，赶紧去解赵远山的铁链。

这时，低着头的赵远山突然抬头。我定睛一瞧，发现绑着的人竟不是赵远山！

而是月萧！

该死，居然是圈套！

我转身想跑，却已经来不及——

冰冷的铁链倏地像轻巧的绳子一样被月萧绑在了我的脖子上。

我被勒得跌倒在她的身上。

月萧死死地抓住我，将我用力压制住。

"明亦阳！"

我对自己的后知后觉后悔不已，刚才明亦阳说他们早就知道我们会来，我就应该想到玄凤、子星的故意出现是诱饵。

就算我自作聪明过来想要赌上一把，听到铩羽突然不符合人设地多说了不该说的话，也应该警觉到呀。

现在说什么都晚了。月萧攥着毫无挣扎能力的我，望向明亦阳："明亦阳，我们再做个交易如何？把刺青图交出来，我就不伤害她。"

铩羽冷眼站在一旁。

明亦阳定定地看着我，冷哼："月萧，你居然用这么卑鄙的手段。"

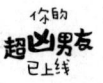

"投之以桃报之以李，你让警察通缉我们，我们也得反击才行。"月萧细眉一挑，眸色越发犀利，"好了，不用拖延时间了。刺青图，你爱的女人，选一个吧。"

我皱眉："明亦阳，别管我，你快跑！"

铩羽抬腿猛踢明亦阳的膝盖，用手肘将明亦阳按下："你给不给！"

我担心地望着明亦阳，心里焦急不已。

月萧和铩羽是何等聪明，他们知道我们在拖延时间，这无疑会逼他们做出更过激的举动来。

明亦阳咬着唇还是没有给出答复，我感觉自己的脖子被再次勒紧，整个人被提了起来！

我听到月萧在我耳边冷冷地说道："别指望着你那个警察前男友，那帮废物，玄凤和子星会招呼他们的。"

明亦阳说："月萧，就算我把刺青图给了你们，你们也不会放过我们！"

月萧眯眸："你没资格和我谈条件。"

话音刚落，一道寒光闪过，下一秒，我感觉大腿传来一阵真实的刺痛。

我痛得喊出声来！

"姜咪——"明亦阳想要冲过来，却被铩羽死死地摁在地上。

月萧抓着匕首开始在我的大腿里转圈，我痛得遏制不住地尖叫着。

明亦阳大喊："好，我给你！给你！你放开她——"

我痛得说不出一句话来。

"说，刺青图在哪里。"月萧轻飘飘地说道。

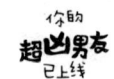

我脸色苍白地冲明亦阳摇头，明亦阳最终还是说了出来："在家里冰箱的冷冻柜第三格。"

月萧按了一下耳麦，把明亦阳说的话重复了一遍。

明亦阳和月萧打商量："我已经把地方告诉你了，你先让姜咪过来。我们两个逃不掉的，你不用这么紧张不是吗？"

月萧勾笑，下巴冲铩羽微扬。

铩羽放开明亦阳，走向暗处，而我感觉到我脖子上的铁链也松开了。

我跌坐在地上，右腿被扎的地方因为没有拔出匕首来不至于大出血，我扭头间，月萧已经不知道去了哪里。

明亦阳跑过来，扶住我，焦急地看向我，又不敢碰我的腿："姜咪，你感觉怎么样？"

我摇头。

明亦阳长臂伸过来要抱起我："你别怕，我这就送你去医院！"

"砰"的一声响，铁门被关上了。

微弱的亮光像被斩断一般，只剩下黑暗的侵蚀。

我心下一沉，攥住明亦阳的肩膀："快，快走！"

突然，一道红光从仓库高处的小窗透进来——

被铁皮围绕起来的仓库很快热浪阵阵。

我预料到的情况还是发生了——月萧是要赶尽杀绝！

我推明亦阳："不行，你快走，你别管我！"

明亦阳死死地箍住我，大声呵斥我："姜咪你闭嘴！"

我瞪着他，用尽所有的力气推他："如果带上我，我们两个都跑不掉！"

熊熊大火无须时间的浇灌，蹿得老高。

我和他的嘶吼之声和铁皮被融化的呲呲声融合一起。空气里的温度不断升高，地面都烫了起来。

　　明亦阳不由分说地抱起我，往门口冲。

　　明亦阳用他的身体一下一下地撞向那已经被铩羽锁上的大门。

　　仓库里的温度越来越高，滚滚黑色浓烟从缝隙里涌进来，暴风扼杀氧气。

　　明亦阳咬着牙，用尽全力。

　　可当下的情况，他的奋不顾身，太微不足道，起不了任何作用。

　　我哭了。

　　我也不知道是害怕死亡的降临，还是害怕和他的分别。

　　我不停地喊着他的名字，我一遍遍地在模糊和清晰交换的泪水里，将他的脸牢牢记住。

　　就在明亦阳撞开一条门缝时，一道火光猛地透过缝隙扑了进来。

　　我和明亦阳同时被弹到了地上。

　　亮光下，什么也看不清，我晕了过去。

　　人死了之后会不会去天堂？我不知道。

　　老一辈的说法是，快要死的时候会看到一道白光，在这道光里，你会见到最想见到的人，你会普度遗憾，弥补心愿。

　　……

　　四周变得很安静，一道白光闪过。

　　我慢慢地睁开眼睛，看到了很多穿梭的身影。

　　我的意识慢慢清醒，闭上眼睛，再重新睁开，发现自己坐在一个十字路口中间。

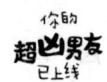

我背靠着信号灯，四周是来往穿行的外国人。

其中有一些人瞪着他们或蓝或绿的眼睛好奇地看着我。

放眼望去，远处的街道很熟悉，熟悉到我渐渐清晰起来，这是S国的街道——

我笔下出现过的漫画场景。

我怔了怔，揉了揉眼睛，第三次闭上又睁开眼睛，眼前的一切都没有变。

难道我来到漫画世界了吗？

我猛地看向大腿——

月萧刺的那一刀不见了，完好无损。

怎么会这样……

我站起来，意识渐渐清晰，短暂的庆幸和喜悦重新卷入没有见到明亦阳的恐慌里。

明亦阳去哪里了？

"明亦阳！明亦阳……"我开始呼喊。

可是，没有人回应我。

如果这是明亦阳的世界，那我能找的地方是他的家。

我绕着十字路口来到路边，想要凭借自己的记忆找到他的豪宅，看看他到底会不会出现在那里。

突然，前面有一辆黄色超跑朝我驶来，我定睛一看，看到坐在车里的不是别人，正是明亦阳。

我怔怔地看着一身黑色新衣的他从车上下来，快步走到我面前。

请原谅我在这个酷炫的场景里没有选择按照套路走，而是破坏了气氛——

"你就这么把我丢下，自己回了一趟家？"我眨眼。

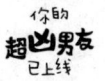

对不起，当下情形按照我的逻辑，我只能这么脱口而出。

明亦阳一愣，拉过我解释："不是的，我和你也一起晕倒在这里，管家不认识你，所以只带我回家去了。我一醒来就立刻跑过来找你了。"

他冲我撒娇，摇我的手："姜咪，你想多了，我怎么会丢下你不管呢。"

我也不是真的怀疑他丢下了我，在大火里他都没有丢下我，我自然知道他说的是真的。

明亦阳拉我上车，要带我回家。

我坐进自己画给他的跑车里，恍然若梦。

这样的死里逃生，真是太不可思议了。

我侧目看他，百思不得其解："这到底是怎么回事啊？"

明亦阳看向前方："可能是上天眷顾，我们命不该绝。"

我收回视线，和煦的风吹得我有点热。

两旁风景不停后移，我却无暇欣赏。

我太了解明亦阳的脾气了，他才不会说这种上天眷顾的话，我感觉到他在隐瞒我什么。

可我不敢深问。

我不敢问他是用什么办法把我带到这里，躲避了一场死亡灾难的。

我害怕得到比和女巫交换了不灭寿命更可怕的回答。

我承认我很怂，我会害怕很多事情。

画画给了我一隅偏安，我能在自己架构的故事里逃避很多现实。

可这一次，我就算逃进了自己的故事里再也无处可逃。

我去握明亦阳放在方向盘上的手，十指相扣，不肯放开。

明亦阳笑笑，问我："怎么了？"

我无言地摇头。

"放心，月萧、铩羽他们忙着去找第三张刺青图，没空来骚扰我们。"明亦阳安慰我。

我还是摇头。

天知道，我不是害怕他们，我是害怕我和你之间相处的时间不剩多少。

车疾驰到巴塞罗那的富人区。

联排别墅，三幢连体欧式大洋房，外配一个超豪华游泳池以及半圆形种满蓝色妖姬的花园。

这是我给给他的豪宅，我还给它取了一个名字叫梦之乐园。

我下车，看着门口汨汨涌动的喷水，从里面鱼贯而出的用人罗列成队……一切的一切都栩栩如生，我没出息地狠狠地掐了自己一下。

明亦阳牵过我的手，揉我手背上的瘀青，又好气又好笑地说："姜咪，这些都是你给我的，你应该最熟悉才对。"

我张了张嘴，不知道要怎么说明此时此刻的心情。

真是熟悉，又陌生啊。

天生含着金汤匙的明亦阳不会明白：

明晃晃的豪华，无论在哪里都仍然能震动平凡的贫穷——即便这豪华是我自己创造的。

我平复了好一会儿情绪，才跟着明亦阳往别墅里走。

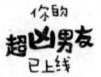

大约两百平方米铺满灰白色瓷砖的客厅，琉璃灯光照耀下来，让人产生眩晕感。

进口家具放置落地窗的左手边，雪白色的长绒毛毯从茶几上蔓延下来，上边窝着两只灰色慵懒的波斯猫。

那时候我画这豪宅的时候参考了好多装饰书，还去博物馆Copy了几幅高级油画。

这墙上的每一幅画，都足以买下五栋这样的豪宅。

往右手边看过去，长方形的玻璃餐桌上明亦阳让管家准备好了丰盛的晚餐。

管家名叫阿木，我设计他时，是在半夜最困的时候，喝了三杯咖啡都没有用，眼皮直打架，一不小心在他的脸上画了三颗痣。

第二天醒来的时候发现颇有喜感，便没有去掉了。

现在看到他顶着三颗痣的脸冲我礼貌微笑，我忍不住"扑哧"笑出声来。

阿木略抱歉地看着我道："我不知道您和少爷是一起的，所以当时没把您接回来，真的十分抱歉。"

"算了，没什么。"

我摆手，心里暗暗想，如果告诉你我不只是和明亦阳一起的，我还是你们这些人和事的主宰者，估计你会吓晕过去。

我和明亦阳入座，天色渐暗。

在漫画世界里，一天的时间是现实世界里的一个小时。

我和明亦阳如果在现实世界里超过二十四个小时不出现的话，就会引起骚乱，因为莫初会来找我们，可能还会有其他一些人。

但是，换句话说，在漫画世界里，我们有更多的时间可以相处。

133

明亦阳握起红酒杯："姜咪，来，庆祝我们劫后重生。"

我回神，也拿起酒杯。

明亦阳的人设是富贵公子，为了配合他整日在漫画世界里的奢华无度，我给他设计了一个收集世界名酒的地窖。

此时入口的是28年的马哥林地。

起初是苦涩，后来是甘甜。

明亦阳体贴地将牛排切好，递给我。

他和我谈天说地，给我介绍很多好玩的地方，做着出行计划，他让我觉得时间不够，要做的事情很多。

晚饭后，我来到花园，注意到花圃那头有一个不在我创作下的东西——秋千。

风轻吹，秋千的绳子微荡在花丛上，好美。

明亦阳轻轻地从身后拥住我："喜欢吗？"

"你做的？"

"嗯，去接你之前忙活了一点，剩下的都交给他们完成。我想要给你一个惊喜。"明亦阳的声音酥酥软软，像几瓣桃花落在心坎。

我心口缱绻："过去试试。"

我坐到秋千上，玩心大发，扭头看到明亦阳还在缓慢踱步，便催促道："你快点！"

他冲我宠溺地笑："好。"

明亦阳推我时打趣："是不是晚饭吃多了，你有点重！"

我扭头白他一眼，抬起双脚："你吃了那么多，用力一点推才是。"

"我怕你掉下来。"

"才不会。"

我飞在花海上，心跟着飘荡起来，夜色笼罩下，白色的灯海朦胧地扑打在周遭，投射出温柔的曲线。

我催促明亦阳快点，再快一点。

突然，身后的他跟跄了一下，我听到一阵短促隐忍的低吟。

我心下一沉，回头看过去。

明亦阳低着头，手捂着右侧大腿。

我皱眉："你……你怎么了？"

明亦阳勾唇，逞强地冲我摇头。

我拉着他在秋千上坐下来，就这样看到了他裤子上沁出了红色的血迹。

我怔了怔："你受伤了？"

话音一落，我好像忽然找到了自己没受伤的答案——

"你把我的伤转移到你自己身上了是吗？"

有些问题一问出口，自己就能给自己答案。

明亦阳惊慌地看着我，伸手抚着我的脸："姜咪，你别哭呀，我没事的，你别哭！"

我这才意识到自己流泪了。

我恼他瞒着我，恼自己神经大条到都没发现他的异样。

可此时我一句话都说不出来，紧紧抱住他只想放肆地哭。

"我真的没事，管家已经叫家庭医生来给我包扎过了。真的。"他耐心地等我哭完，轻拍我的背。

"明亦阳，如果你成了跛子，我可不喜欢你了。"我咬着唇，狠狠地撂下狠话。

"没事，我还有一堆跑车可以代步。"

我轻轻捶他，他对我的好让我受宠若惊。

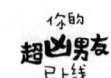

135

从来没有人对我这么好。

从来没有。

我们都在用玩笑的方式来照顾彼此的感受，他不愿意告诉我他承担了多少，我能做的就是成全他为我着想的真心。

我把所有的顾虑都压抑在心里，按照明亦阳的计划走。

今天去看海洋馆成群游过头顶的鲨鱼，明天骑脚踏车由我载着他欣赏环形石城。

每一天踏阳而出，每一晚披星戴月，用明亦阳的话来说，我们就像是在度蜜月的热恋情侣。

明亦阳带着我看尽这里的每一处风景。

回到他熟悉的世界，他整个人都散发着自信的光芒，我不用担心钱会花光，就算无所事事也不觉得焦虑不安。

被誉为"蓝色天堂"的梦幻托萨镇，我和明亦阳在小镇里拍照，捉迷藏，跟一对老夫妇喝了一个下午的红茶。

在多沙老城，我和明亦阳逛了一家特别文艺的店，出门时发现有一个男人在行窃专注于橱窗里的东西的女孩儿，我们螳螂捕蝉黄雀在后地把男人的裤子给扯下来，男人恼羞成怒地追我们，明亦阳就带着我跑。

金色海滩上，我和明亦阳躺在热乎乎的沙子做着日光浴，明亦阳要帮我擦防晒霜，我骗他埋进沙子堆里无法动弹。

罗纳市带拱廊的古老房屋下，我拖着明亦阳幼稚地上上下下跑台阶，明亦阳走在石板路上不知道从哪里弄来吹泡泡的，迎着阳光给我吹出一个个大大小小的梦幻……

明亦阳对我的宠爱夸张到我只是随便指了一栋楼说在那里看海岸的晨昏应该很美，他打了个电话之后便带我去签字，对我说这栋楼是我的了。

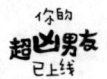

这件事像是一针清醒剂打进我的身体，让我意识到我和他世界的界限如此分明——

不管是我在他的世界，还是他试图留在我的世界，都显得那样勉为其难。

站在一百六十平方米的大阳台上，看着金色阳光跳跃在明亦阳的侧脸上，我默默地做了一个决定。

晚上，我趁着他睡着了，偷偷溜到他的书房，打开电脑。

我在网址上打上我漫画的地址，惊喜地发现在网络上，两个世界是互通的。

不过我和明亦阳在漫画世界的这段时间做的事情都没有自动上传到网上去。

我选择性地画下一幕幕，上传。

粉丝哗然的高潮就是明亦阳把一栋楼买下来送给我。

我看到底下的评论有：

贫穷真是限制了我的想象。

作者这是送给自己的YY礼物吗？

哇，如果真的有这样的男神，能赐给我一个吗？！！！！

我要被甜出糖尿病了……怎么破……

……

我一条条地往下看，看到一条评论的时候突然停住了：

你是去漫画世界里了吗？

用户名是"莫如初见"。

是莫初。

我进入小字条功能，试图给他回信。

没想到莫初居然在线，很快就回复我了：我满世界在找

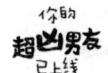

137

你，你真的和明亦阳进到漫画世界里了吗？

我：是的。

莫初：你不在的这段时间，警局的电脑被黑了，赵远山的尸体被找到，铩羽他们一直都没有露面，我们不知道赵远山到底有没有把名单透露出去。对了，Y集团的人找了你很多次。

我敲打键盘，但都不知道要怎么回。

莫初：姜咪，你什么时候回来？

我的手指落在空格键，盯着电脑屏幕。

莫初：还是你不回来了？

我的心被用力揪了一下。我垂眸，回复：我马上就回。

我关掉电脑，漆黑的书房亮了一下后又重新陷入黑暗，我静静地坐在椅子上把眼睛睁得大大的。

我做的决定是我一个人回去。

在我的感情观里，长相厮守固然重要，但比起长相厮守，我更希望爱的人能够做回真正的自己，自在地呼吸。

做这个决定是痛苦的，我在书房里坐了许久之后，才回到房间。

透过凉薄的月光，我望着在床上熟睡的明亦阳，真切地感到舍不得，难受像浸湿的海绵压着我的心口。

我轻轻地跪在床头，伸手轻抚他的额头、鼻梁、嘴唇。

我想记住他近在咫尺的模样。

以后，我就只能隔着冰冷的电脑屏幕看着他了。

我轻轻地吻住他的唇："明亦阳，我爱你。"

我逼自己毅然转身。

多望一秒，勇气就会减掉一分。

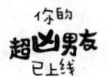

我从不知道，生离是需要耗尽所有力气的一件事。

上到屋顶，看着满院子的花，还有那在花圃中轻轻摇曳的秋千，我双手撑开，闭上眼睛。

进到这漫画世界里是因为生死的瞬间，我想若我要回去也需要如此。

于是，我乘着风纵身一跃。

花香扑来，清风像仙娥肩上的纱将我包裹，轮转……

再见了，明亦阳。

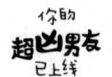

第七章
今夜睡去有梦，明晨醒来有你

再次睁开眼睛时，我看到了莫初。

空气里有药水的味道，我坐起身，看到白色的床单，白色的被褥。有护士过来给我换药。

莫初如释重负地叹了口气："你醒了。"

我看向他："我在医院？"

莫初瞥了一眼护士，等她走后，他把椅子挪近一点对我说："对。你被发现躺在路边，路人报的警，并把你送来了医院。"

我点点头。那招真的奏效了，我回到了自己的世界。

我和明亦阳，真的分别了。

莫初压低声音问我："就你一个人回来？"

我再次点头。

莫初张了张嘴，伸手轻抚我的头，没再说什么。

他大抵是看出了我眼里藏霜，也大抵猜出了缘由。

我掀开被子，拔掉手上的针头，表示我没事。

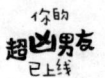

现在最要紧的是搞清楚名单上的人到底是谁，剩下的四张刺青图，月萧、铩羽他们是不是已经有眉目了。

　　我要让自己忙起来，让自己忘记了把明亦阳留在漫画世界里这件事。

　　"对了，你没有跟我说过白浩的情况。"

　　莫初把外套脱下来给我披上，带我走出病房。提到白浩，他的眉头紧皱了几分："白浩倒是回来了。"

　　"白浩回来，不是好事吗？"我看向他，"他是怎么说的？"

　　"他说他是在郊外的别墅醉了几天，这才和外界断了联系。"

　　白浩的说辞根本站不住脚，明显是在撒谎。

　　"那他为什么要撒谎？给月萧、铩羽他们打掩护？"我坐上车，默默摇头，这样的可能性也很小。

　　如果他就是名单上的人，手里就有月萧要找的刺青图，即便他乖乖交出来也会被杀人灭口。

　　莫初一边系安全带一边说："他回来后每天就在公司忙业务，很少回家。我们见了他一次后就见不到了。"

　　"难道他和赵远山的同时失踪，只是巧合？"

　　"唉，我已经提高了通缉令的等级，可月萧、铩羽他们就像是人间蒸发了一样，杳无声息。我暗中派人把各大集团的高层都监控了起来，目前也没有人失踪，或者遇到袭击。"莫初把手机递给我，"喏，你的手机我每天都给你充好电。"

　　我挤笑："谢谢。"

　　说话间，手机又响了。

　　是米洛。

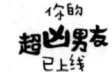

我接起。

米洛的声音像要从大气层那边穿透过来，震破耳膜："你死去哪儿了——为什么不接电话——你的电话是摆设吗——"

我等他发泄完毕，赔笑地说抱歉："对不起啊，米大，这段时间我出了一点状况，所以……"

"行了，明天呢？Y集团广告部已经选定明天了，就等着和他签合同呢。"米洛的语气很是急促，恨不得立刻见到明亦阳。

听到他提到明亦阳，我的心刺痛了一下："我知道了，我会转达给他的。"

"什么叫转达？你别再拖时间了，我已经拖了不少时间了好吗！"米洛着急忙慌地和我定了晚上见面。

电话那头传来忙音，我有些尴尬地收起手机。

莫初看向前方："没有了明亦阳，你要怎么接近Y集团的白浩？"

我也看向前方："另想办法吧。"

当初把明亦阳打造成明星去接近白浩是最便捷的方法，现在因为我的偏执决定，不仅推开了明亦阳，还有这便捷的方法。

莫初开车，把我送回我家。

莫初特意问我要不要买点吃的带进去。

我笑了笑，摇头："不用了。你忘了我不喜欢吃外边的东西。"

莫初也笑："是啊，和你分开太久了，我都忘了。"

我怔了怔，明白他这样说是想告诉我，时间可以做到很多事，可以磨灭炽热，烫平思念。

我再次冲莫初挤了挤笑。

下了车，我一步步走入小区。

天色还只是昏暗，我走着走着，路灯啪地亮了起来。

我不由得怔怔地停下了脚步。

我想起和明亦阳从X集团晚宴回来那晚，也是这样的路灯下，他和我一前一后。

他虽然和我闹别扭，但我向他撒娇，他还是折返回来抱起我一秒带我回到家里。

我走着走着，模糊了视线。

还没有过去多久，我就疯狂地开始想念明亦阳了，我真是不争气。

我用手背抹掉眼泪，一个人一步步地往前。

我走得异常坚定，好像在和自己较劲，我要把不安分的思念踩在脚下，摒除于心。

回到家，我收到编辑的催稿电话，问我下一章画好了没有，我闷声说没有就把电话给挂了。

我盯着电脑，不敢去碰。

我怕打开来看到和明亦阳铺天盖地的回忆，更害怕看到明亦阳发现我不见了以后闹出惊天动地的事。

没有开灯的家里，到处都是和明亦阳的记忆在跳动。

我靠着沙发，坐在冰冷的地上面对这随手可拾的他的影子，捂着脸，逼自己收拾好思绪，想一想该怎么接近白浩。

新一年度的广告，是白浩当上总经理后的第一个大动作。

当初设想的是签合同的时候接近白浩。现在……难道我要顶替明亦阳，亲自去当广告明星？

我挪到镜子前再认真地看了看自己的脸，觉得不现实。

还是得从其他方面着手。

白浩喜欢泡夜店，每个周四只要他在国内，就会去CLUB。彼时，我一身黑天鹅装扮出现在CLUB中，一眼就看到了正在喝着酒的白浩。

白浩这样的贵公子身边自然是少不了狐朋狗友。他一身红色西装，穿得倒是十分出挑，不过似乎神情黯淡，不知道在想些什么。

我拦住一个送酒的服务生，给了他一点钱，拿过盘子走过去。

卡座上的男人冲我吹口哨，其中有人挑眉问我："哟，美妞，我好像没见过你，新来的？"

我如实说道："嗯，新来的。"

"看你还挺可爱，来，这里有点钱，打赏你的。要不要陪我们白公子坐一下？"男人把钱扔到我的盘子上，用眼神示意了一下白浩。

我把钱扔回茶几上："不用你的打赏，我来，就是为了白先生。"

我这样的举动成功地引起白浩的注意，他缓缓抬头，用那双阴沉倦怠的眼睛看我。

其他人此起彼伏地起哄。

我微笑地看向白浩，主动邀请："白先生，我想你也不太想继续待在这吵闹的地方吧？"

白浩倏地勾唇，起身拉过我的手："好，那我们换个地方。"

他喝了不少酒，越过我旁边时透着重重的酒气。

我只能祈祷他还保留着不乱来的清醒。

终于甩开了那些不相关的人，我们走出CLUB。

坐上白浩的超跑后，我看向他，开门见山："白浩先生，我找你是想知道，你失踪的那几天到底去哪儿了。"

白浩皱眉缓缓扭头看着我："你是谁？警察？"

我没有直接回答这个问题："白浩先生，你和X集团的赵远山前后失踪，我想这绝对不是巧合，而赵远山已经死了。"

白浩突然冷笑一声，猛地踩下油门。

超跑的马达声在夜空中撕裂了一个口子，吞噬着两旁的霓虹，我整个人绷紧着，不知道白浩要带我去哪里。

白浩把车停到酒店门口，我的心提到了嗓子眼。

白浩松开安全带，看向前方幽幽道："想要知道你要知道的，就跟我上来。"

他没有用强，而是用言语诱惑。可我听出了里边满满的危险，我坐在座位上犹豫了。

"怎么，怕了？怕了就给我滚蛋。"白浩瞥我，露出不耐烦的神色，"别再搅了我今晚的兴致！"

机不可失，我咬咬牙跟上。

十二楼的总统套房内，白浩把门关上，便开始脱衣服。

我皱眉："白先生，你这是做什么？"

像是我问了一个很好笑的问题一般，白浩哑然失笑："你穿成这样，又有问题要问我，你说，我要做什么？"

我立刻明白了他的意思，十分不悦地喝道："白先生，我想你误会了！我是想弄清真相救你性命而已！"

白浩目露邪恶，一步步地走近我："误会？没有误会。这叫'交易'！"

说着他就粗暴地推着我倒在床上，整个人骑到我身上要撕我的衣服。

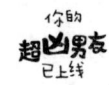

我惊恐地尖叫着，拼命反抗。

转眼间我听到身上的衣服哗啦裂开的声音，那种可怕的真实刺激到了我。

我用尽全力，才发现这样的挣扎在男人的力量下显得那样可笑。

很快我感觉到自己的胸口冰凉一片。

从车上下来跟着白浩进酒店大厅时我以防万一给莫初发了一条短信，只是莫初来得及赶来救我吗？

突然，压在我身上的白浩歪倒在一边。

不清楚发生了什么，我只是本能地惊慌失措地缩起身体往后退。

"姜咪，是我。"

这时，我听到了一个熟悉的声音。

我定睛一看，竟是明亦阳。

不，不可能。

一定是我看错了。

我从床上跌下来，缩到墙角，看着站在床尾的明亦阳，脑子里一片空白。

这时，白浩爬起来想要跑，明亦阳火冒三丈地抡起桌上的玻璃杯往他头上狠狠摔去！

白浩低叫一声之后倒在了床上一动不动，头上的血瘆人。我这才反应过来，面前的明亦阳是……真的。

我抽泣地爬过去，一把抱住他。

是结结实实的拥抱，是切切实实的体温！

是明亦阳，是我的明亦阳。

是我独自扔下的明亦阳。

是我离开他后觉得世界都灰暗了的明亦阳。

我一个字都说不出来，一张嘴，就是抑制不住的酸楚哽咽。

他为什么会回来，他是怎么回来的？如果他没有出现，我一定会遭遇很难堪的事情。

五味陈杂，我说不清是一种什么感觉。

明亦阳轻轻拍着我的背，柔声安抚道："好了，没事了没事了，别怕，有我在，你没事了。"

我慢慢恢复理智，推开他，看向白浩。

明亦阳说："放心。他不过是晕了过去，死不了。"

我舒了一口气，这才认真地看向明亦阳。

他眼窝凹陷，漂亮的眼睛失了神采，布满血丝，胡楂密密麻麻，头发长了不少，盖住了眉毛和耳朵。

我很心疼很自责，我无法想象他在发现我离开之后，是怎样的心情。

见我这么盯着他，他苦涩一笑："是不是丑了？"

我拼命摇头："没有，你还是这世界上最帅的美男子。"

明亦阳抬手擦掉我的眼泪："那你还狠心抛下我？我这么帅的，你再上哪儿找去？"

我咬唇。

他的声音有些沙哑，压制着滚烫的责怪，每一个字都像是一根针扎在我心口。

我说不出此时的心情有多复杂，庆幸他的出现又意外他能出现。

万千滋味缠绕心间，最后我吸鼻子握拳轻捶他："我已经做好和你再也不见的心理准备了，你为什么又要出现啊？"

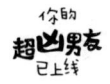

明亦阳将我的头按在他胸膛，恨恨道："因为我这辈子就没想和你分开！"

明亦阳说他再也回不去他的世界了。

当初仓库大火，他带我躲到漫画里，是女巫送的救命券，只此一次——我可以和他永远在漫画世界里待着，但如果选择回到现实世界，那就无法再回去。

想到和他待在漫画世界时，他常常时不时地问我对未来有何期许，问我和他待在这里是否开心。

他没有明说，我也没有细答。

我知道，他用尽一切办法想要留下我，而他也知道，我肯定会回来。

阻止魔界的暗黑势力拿到树灵能源，毁灭现实世界，我不能袖手旁观。

原来那天晚上的吻别，他竟都知道。

明亦阳苦笑："我试过没有你的生活。真的。我银行里的存款花不完，我想去哪儿就去哪儿，我想要多少美女就有多少美女。可姜咪，我并不快活，不管做什么事我都会想到你。这日子要怎么过？"

我忍不住骂他傻瓜："你难道不知道我是为你着想，才决定自己一个人回来的吗？"

岁月悠长，他在他的世界里可以永葆青春，永远在财富巅峰，即便他现在忘不了我，以后也会慢慢忘记的。

但是，现在木已成舟，我也只能接受。

"明亦阳，你以后万一后悔了怎么办？"我仰着头认真地问他。

明亦阳刮我鼻子，看向床上的白浩："若有以后，我再好好地和你说说，如何？"

我吸鼻子，从洗手间里拿出浴袍穿好，和明亦阳一起把白浩给弄醒。

白浩吃痛地瞪大眼睛，看向我和明亦阳，指着明亦阳："你……你是怎么进来的？"

明亦阳哼笑："我是神仙，你做坏事，我就要教训你！"

白浩嘴角抽动："我看过你的照片，明天。看来你是不和我们Y集团合作了！"

我心下"咯噔"一声，没想到这个登徒子对公司业务这么积极上心，这下好了，明亦阳这刚扮上没几秒的神仙是要落下神坛了。

"不合作就不合作吧。知道你是这种人，我给你家公司拍广告还觉得恶心！"明亦阳不耐烦地甩甩手，"那几天，你到底去哪儿了，你可知道月萧这个人？你是不是把刺青图给她了？"

明亦阳捡起地上的玻璃碎片抵到白浩的脖颈处："如果你不想再见血的话，就好好说。"

白浩眼里闪过一丝惊恐，又迅速地看向我。突然，他轻蔑勾笑看向我道："我以为树灵能源这种事是假的，没想到真有这么回事。"

白浩提到了树灵能源，我整个人陡然一怔。这还是我第一次从拥有刺青图的人这里听到这个。

之前他们收藏刺青图，多半是当成了藏宝图。

"你知道树灵能源？"

"我不仅知道，我还想好好利用呢。"白浩的眼底闪过一丝得逞，话音刚落，我便听到房间里发出了警报声。

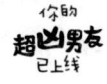

我和明亦阳四目相对，突然，有人破门而入。

一群保安鱼贯而入，白浩指着明亦阳大喊："快把他抓起来！就是他袭击的我！"

我都来不及反应，明亦阳就被控制了起来。

"明天！"

"姜咪——你们放开我！放开——"

"明天——"

刚刚我和明亦阳占尽上风的，可转眼之间，明亦阳被抓走，我被白浩拉住胳膊动弹不得。

几分钟的工夫，房间里，再次只剩下我和白浩。

我这才看到他刚才是按动了床边的警报器。

我瞪着白浩："你想怎么样？"

白浩用手擦拭着额头上的血，幽然道："我不想怎么样，他打伤了我，我就要让他尝尝进监狱的滋味。"

我咬唇，几近崩溃："白浩，你和月萧合作是没有好下场的，你怎么能这么愚蠢！"

白浩瞅了我一眼："我不跟任何人合作。"

我怔了怔，不知道他到底是什么用心："你什么意思？"

"我对树灵能源什么的不感兴趣。我感兴趣的，是剩下的几张刺青图。"白浩看向我，"如果你能帮我找出剩下的刺青图，我就放了明天。"

我哑然失笑："我接近你，不就是向你要剩下的刺青图的吗？再说了，我就算有能力找出剩下的刺青图，把它们交给了你，月萧也会把它们拿……"

白浩笑着打断我的话："月萧你就不用管了，你家明天进去后应该就能见到她了，不然你以为这段时间她为什么这么安

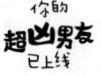

静？"

我瞪大眼睛："你是说，月萧她……"

白浩似乎没有耐性再和我这么解释下去，他再次问我要不要答应。

我理了理思绪，侧过身去："你既然有那张刺青图，那X集团的名单你应该最清楚。其余几张刺青图放在谁那里怎么会还需要我去帮你找。"

白浩挑眉："因为名单里的几个人，只有一个人是真的。"

白浩告诉我，剩下的刺青图都在一个人的手上，其余的都是烟幕弹。他虽然知道上边的名单，但是不知道究竟是哪个人。

这个人藏得很深。

他的身份，想要搞清楚很难。

因为名单上的人都是相互牵制的，一旦知道其中有一个人在找这些刺青图，其余人就会群起而攻之。

我好奇月萧是怎么被他弄进监狱的，莫初又知不知道这件事情。

但我的这个好奇，白浩是不会回答我的了。

如今，我只能答应白浩。

明亦阳现在有了身份，是切切实实存在于这个世界的人，就要遵守这里的规则。

只是，我没想到我的敌人莫名其妙地从月萧变成了白浩。

白浩说剩下的刺青图在一个人手里是真是假？

太多的疑问缠绕着我，我想我得去见见月萧。

不对，见月萧之前，我得先去找莫初，说明明亦阳的事。

从酒店里出来，我电话打给莫初，莫初说他现在抽不开身，让我自己过去。

我到了警局，就看到莫初在给明亦阳做口供。

明亦阳一看到我，立刻激动地从椅子上弹了起来，又被两个警察按了回去。

莫初挥手示意他们退下。

我冲过去，抱住明亦阳。

明亦阳拉过我，着急地检查我有没有事。我摇头，给了他一个安心的笑容。

明晃晃的白炽灯下，我不方便和明亦阳说太多。

我看向莫初："你知道月萧进监狱的事了吗？"

莫初一怔："月萧被抓到了吗，我怎么不知道？"

莫初顿了顿，又问："谁和你说的？"

莫初居然不知道……我蹙眉，感觉有些奇怪："白浩对我说的。他说，月萧在监狱里了。"

莫初皱眉，示意明亦阳跟他先进牢房再说。

我和明亦阳隔着铁栏杆，莫初叹了口气对我说："他故意伤人，得先在这里关上二十四小时，剩下的看白浩那边的律师是否起诉了。放心，我会好好照看他的。"

我说："让我和明亦阳单独说两句话吧。"

莫初点点头："月萧的事，我去打几个电话。"

我看向明亦阳，紧紧地握住他的手："你别害怕，我不会让白浩告你的，顶多你在这里待一晚，就可以出去了。"

明亦阳听我这么说，忽然很严肃地瞪我："你别乱来。姜

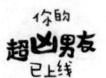

咪，我告诉你，我没那么娇弱！"

我心下一酸，故作轻松地瞥他："傻瓜，我能乱来什么。你想多了。"

"白浩那个人心术不正，他说的话不能尽信。"明亦阳拽我的手腕，顿了顿，"或者说，我们现在谁都不能尽信。"

我听出明亦阳是意有所指，心不由得紧绷起来："你是指谁？"

这时，莫初回来了。

莫初皱眉说道："我打听过了，如果月萧真的进监狱了，应该是被关在了零号监狱。"

"有什么不同吗？"我问。

"那个零号监狱的典狱长何振，和Y集团的关系很深。如果月萧在那里，那何振封锁消息，我这边就会知道得慢一点。"莫初说。

"把我关进零号监狱，莫初你有办法吗？"明亦阳插话。

我和莫初异口同声："你疯了！"

明亦阳的神情却异常平静，仿佛这个决定是他早就想好了一样。

而莫初跟我的质问相比有更深一层的含义：零号监狱是关重刑犯的地方。

莫初看了看我，对明亦阳说："你还是再考虑考虑吧。"

"不用考虑了。兵贵神速。"明亦阳也看向我，笑着耸耸肩，"再说了，我也不是普通人啊。"

我刚要再次阻止，明亦阳突然向我使了一个很隐晦的眼神。

很奇怪，我张了张嘴，竟什么都说不出来了。

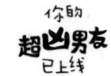

莫初没有再坚持，而是说他想想办法。

明亦阳伸手轻轻地拍拍我的头，语气似随意实则语重心长："姜咪，你一个人在外边事事小心，别担心我。刚才来的路上我看天上云层很厚都没有星星，第二天可能会下雨。家里雨伞都坏了，你出去后，第二个红绿灯拐角处有便利店，记得买把伞。要记得我说的话，知道吗？"

我愣了愣，用力点头。

探视时间已经差不多，莫初送我到警局门口："抱歉，抽不开身，我去给你叫一辆车。"

"不用，我自己回去就行。你帮我好好照顾明亦阳，比什么都重要。"我由衷说道。

莫初点点头："好，你放心。"

我也点头转身。

莫初喊住我："姜咪。"

"嗯？"

"注意安全。"

我冲莫初挤了一个笑。

走在街上，我一直在想明亦阳对我说的话。

他让我记得他说的话时，用力地握了握我的手。

他不只是提醒我买伞。

我一句句地倒回去想。

……任何人都不能尽信。

突然，一股寒意从脚底而生。明亦阳说的任何人，难道也包括莫初？

在这个事情中，涉及的人并不多，莫初是从最开始就牵涉其中的。

如果没有最后明亦阳的再次嘱咐，我可能会把这话当作是明亦阳谨慎的提醒。

　　可是现在，我无法忽视。

　　更重要的是——

　　月萧被关进监狱莫初说不知道，尽管后来他给了理由，可还是略显牵强。

　　斑斓霓虹在街道两边，人声熙攘。

　　不知不觉，我走到第二个十字路口的红绿灯这里。

　　隔着街道，我看到转角处的便利店。

　　买伞。

　　红灯变绿灯，我鬼使神差地踏着人行道走过去，心跳不由得加快。

　　我不知道明亦阳的暗示，指的是什么。

　　"叮咚！"

　　我推开便利店的门，店员小妹微笑地冲我说："欢迎光临。"

　　我环顾四周。便利店里没有顾客，明亮的灯光下货品摆放整齐，没有什么特别的地方，靠近门口的货架上放着的是杂志，没有雨伞。

　　见我呆站着，店员小妹问我："请问您需要点什么？"

　　我回神："我……买伞。"

　　店员小妹忽闪着大眼睛看着我："伞？"

　　"嗯，今晚，没有星星，明天看样子要下雨，我买伞。"我试图把每个字都说清楚，放缓语速，生怕错过了对接的暗号。

　　店员小妹神色没有变化，而是微笑地冲我说："雨伞没有

摆在外边，仓库里有，您自己进去挑一把喜欢的吧。"

我迟疑地看了一眼她指的门。

店员小妹冲我肯定地点头。

我暗暗深呼吸一下，快步走到里面，推门而入。

昏暗和灯光交错，我眯眼适应了一下，待我看清站在狭长的过道里的人后，不免大吃一惊："阿木！"

管家阿木还是穿着他的燕尾服，恭敬地冲我点头："姜小姐。"

我瞪大眼睛，原来明亦阳要我来见的人是阿木。

阿木示意我跟着他往里走。

不大的仓库房两旁被货架占满，地上还有货物占据落脚的空间，也不知道前方通往哪里。就在我狐疑间，阿木对着墙壁站定。墙上有什么仪器扫描了一下他的脸，然后，灰暗的墙壁突然变亮，向两边退开。

就像我在漫画里给明亦阳创建的豪华地下游乐室一样，别有洞天。

一个便利店里居然有这样的密室？

我讶异地问阿木是怎么做到的。

"少爷让我把这里买下来，做了改建。"阿木告诉我，这次明亦阳从漫画世界离开之前，做了深思熟虑的准备。

他不仅把阿木带了出来，还把在漫画世界里我给他画的财富全都带来了这边，并利用地下钱庄，把不能见光的金钱变成名正言顺的存款存在了银行。

虽然被吃掉了惊人的回扣，但所幸目的是达成了。

阿木说："少爷说了，带到这里的一切，包括我，人力、财力都由姜小姐您全权支配。"

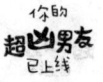

我瞪大眼睛，简直没法形容我此时此刻的心情。

没想到明亦阳那家伙想得这么周到，还藏有这么大一个后招。我瞬间有了一种绝处逢生的感觉。

激动之余，我红了眼眶。

密室里有十个电脑高手在操作电脑。

我扫视他们在键盘上飞快跳动的手指，问："谁能告诉我，铩羽、玄凤、子星他们在哪里。"

一个头戴黑色发箍、脖子上套着护脖圈的小眼睛男生，转头冲我说："一直在追踪，但始终找不到他们。我们已经监控了整个南市，除非他们已经不在南市了，否则不可能追踪不到。"

我摇头："不。月萧还在南市，铩羽、玄凤、子星他们就不可能离开。"

我一怔："月萧……对了，零号监狱。你们有没有查零号监狱？"

这时坐在最里边穿着红色帽T的胖男生打了个嗝，和发箍男对视了一眼："零号监狱在郊外，是南市的死角，没有信号，也没有监控。我们无法追踪到里面的情况。"

那就是了，他们三个一定也在这死角里，所以才会找不到。

月萧被关进零号监狱，他们三个是想要救她吗？

月萧居然被白浩给扳倒了，这很蹊跷，令我百思不得其解。

我看向阿木："明亦阳带过来的人中，有没有能进到零号监狱的？"

现在要知道月萧和白浩之间到底发生了什么，就只能靠明

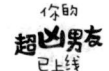

亦阳进到零号监狱打探，可那个地方，明亦阳一个人会举步维艰，我得找几个帮手进去帮帮他。

阿木点头："有，几个原先参与过黑手党的人，都是蹲监狱的'上好材料'。"

我立刻看向在座的电脑高手："弄几份以假乱真的假资料，没问题吧？"

他们纷纷冲我竖起大拇指。

电脑屏幕的光折射在我的脸上，我感觉到一寸寸的灼热在燃烧。

我的内心是激动的，仿佛触手可及那胜利的曙光。

但越是激动，我越是冷静。

我不能在便利店久留，我给阿木留了我家的备份钥匙，还有我的手机号码，便随便拿了一把雨伞出来。

我把手里的雨伞递给店员小妹："就要这把了。"

店员小妹冲我笑了笑，拿雨伞扫码："好的，一共是三十五元。"

我一边打开钱包，一边问她："看你的年纪还像是个学生，你叫什么？"

"我叫田薇，二十岁，刚刚大学毕业。"田薇拿过我的一百元，灵动的大眼睛流光一般地转溜了一下，"是明哥哥帮的忙。"

我愣了一下，才意识到她是称呼明亦阳为"明哥哥"。

我可不记得我帮明亦阳收了这么一个好妹妹，看来是明亦阳自己干的私活。

我仔细打量田薇，她有一种邻家女孩儿的感觉，白皙的皮肤，乌黑的长发，毫无攻击力的鹅蛋脸，笑起来酒窝甜甜的。

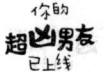

我忍不住思绪乱飞，这位田薇妹妹和明亦阳之间是不是有什么我不知道的温馨记忆。

田薇贴心地把雨伞放进塑料袋递给我："所以我也要帮明哥哥还有姜姐姐你。"

她的眸子冲我眨呀眨，仿佛看穿了我的小心思一般。

我脸微烫，竟觉得她的一声"姜姐姐"很受用。

出了便利店，我决定徒步回家。

在得到明亦阳给我的巨大惊喜之后，我有浑身的力量需要散发出去，否则晚上一定是睡不着了。

然而，就在我转身间，余光好像看到了一个躲闪鬼祟的人影。

难道有人在跟踪我？

第八章
你的眼睛，你的潮汐

我暗暗握紧雨伞，加快脚步，故意往人流里挤。

我的直觉一向很准，我故意绕了两条街，被跟踪的感觉依然还在。

我决定亲自解决这个渣渣。

我把对方引到少人的巷弄口，一闪身就躲进一个垃圾桶里，摸到一个酒瓶，等着对方走过来。

一个穿着黑色夹克的男人在巷弄口停住，四处查看，一副在找人的样子。

当我准备动手的时候，突然冲上来一个人贴上黑色夹克男，只看到一阵流动短促的光亮闪过，黑色夹克男就失去了知觉。

他用了电击枪。

他把黑色夹克男拖进巷弄，然后站在我躲藏的垃圾桶前，开口："我叫阿田，是白先生让我来保护你的。"

原来他早就发现我了，我就不躲了，只是派他来保护我的

人让我觉得惊讶。

"白浩？"

我想要看清他的样子，可是他把帽檐压得很低。

"我怎么相信你？"我皱眉。这句话说得轻巧，可在我看来他不过是另一个跟着我的尾巴罢了。

阿田问我："姜小姐，你可知道这个人是谁派来跟着你的？"

不等我说，他又语速飞快地说："是莫初莫警官。"

然后又不等我质疑，他蹲下身掀开黑色夹克男的外套，给我看对方腰间的配枪和警官证。

是莫初的手下江滨没错，好像上次来码头接我和明亦阳的时候有看到过，和曾凡一起，是江滨开的车。

不过……

"为什么不能是保护我的人是他，真正跟踪我的人是你呢？"

"姜小姐这么聪明，自然能搞清楚。姜小姐先走吧，这里我来收拾。"

我一愣，心下一紧："你要做什么？"

"放心，他是警察，我不会对他怎么样的。"帽檐下，阿田的嘴角勾了勾。

我被赶出巷弄，走进热闹的人群里，我紧紧攥着包包再也无法平静。

没错，要证明刚才那个阿田讲的话，我只要打一个电话给莫初就行。

电话响了一声，莫初就接起了："喂，姜咪，怎么了？"

"哦，也没什么事。"我语气尽量轻松，"我想问问，江

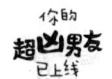

滨在吗？"

莫初顿了顿："他不在，去处理文件去了，怎么了？"

我心下一沉："哦，也没什么，就是我刚刚去蛋糕店买蛋糕，碰到了一个女生，她说她是江滨的女朋友，抱怨江滨总是很晚回家，让我打电话帮忙问问，江滨到底是在忙还是在躲着她。"我这个谎编得漏洞百出。

最后，我说了一句"没什么事了，我也快到家了，再见"，便按了挂断键。

莫初撒谎了。

我忽然指名道姓地问一个人在不在，这个人是我和他之间不会提起的，即便反应再快，他也还是顿了一秒。

因为是说谎，因为江滨根本就不在身边，人的本能反应是让对方先相信了自己的第一句话，才会扯了一个仓促的理由当补充，最后才想起问怎么了。

如果莫初是派江滨保护我，何必骗我？

而且，挂掉电话之后，他也会反应过来我说了谎。

我默默地看着没有动静的手机，心情前所未有的沉重。

以前就算是怀疑谁，我都不会怀疑莫初。

可是，如今——

我猛然回头，仿佛看到一方坚固轰然坍塌。

事情会往什么方向发展，根本无法预料。

更可怕的是，莫初若已经不可信了，那么被安排去了零号监狱的明亦阳，就会有危险。

想到这里，我的心陡然一震。

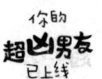

我没办法进零号监狱，就算进去了也不能帮上明亦阳什么忙，我只能寄托于阿木能尽快挑上那些得力的帮手进入零号监

狱。

而我，能做的就是赶快找出那个神秘人！

白浩给我的名单，锁定了四个人。

赵远山的女儿赵安安、赵艳雪的舅舅贺章、Y集团挂名董事韩兆，以及和赵远山家定了亲的白浩的哥哥白军。

赵安安外形靓丽，跑去韩国当了练习生，现在正在亚洲各地巡演，不在国内；贺章常年窝在他的别墅里，大门不出二门不迈；韩兆喜欢玩古董，这市里好几家古董店背后的老板其实都是他；白军则是那种把工作当作生活，把生活当作工作的工作狂。

单从资料来看，韩兆最像拥有刺青图的神秘人。

可我能想到的，白浩一定也能想到。

我心烦意乱地打开电脑，查看明亦阳那边的情况。

漫画上出现了零号监狱的画面——

零号监狱果然像莫初说的那样，没有先进的电子设备，有些破旧。

冰冷坚固的牢房里，明亦阳穿着囚服排队从单间走出。

大抵是到了监狱放风时间。

男囚和女囚从不同的两个出口涌出，来到空地上。

大多数是男囚，女囚少得可怜。

月萧自然成了最出色的一个，那些不安分的男囚骚动起来。

有两个五大三粗的男人最先冲月萧吹口哨，其中一个是光头，后脖颈文着一条蝎子，看上去十分不好惹。他抬手就要轻薄月萧，月萧一个反手就把目测有两百多斤的光头来了个过肩摔。

163

场面顿时陷入一片慌乱。

狱警吹着口哨慢慢地从外围过来扫场。

我放大画面，看到装作过来拉架的明亦阳趁乱间竟递给月萧一枚刀片。

月萧迅速收好刀片，退出混乱圈。

我瞪大眼睛，难道明亦阳要帮助月萧从监狱里逃跑？

为什么？

场景转移到明亦阳的单间牢房。

明亦阳盘腿而坐，闭目皱眉了许久，然后睁开眼，眉眼闪着欣喜的光芒，用手指在地上急急地画着什么。

我放大他手指的部分，仔细看他画的顺序，在纸上画出了自行车的形状。

自行车……

我想起来了。

明亦阳应该是指在S国的罗纳市，他不会骑自行车，但又觉得自行车和这里的美景以及氛围很搭，于是推着自行车与我穿行其中，我还偷偷想着哪天要教会他骑车。

那一天，阳光正好。

我挽着着他的手，从罗纳大教堂前经过的时候，他停了下来。

明亦阳一本正经地扶着车把手，问我知不知道这教堂的传说。

我摇头说不知道。

明亦阳笑笑挑眉："听说在这个教堂门前往左走三圈，再往右走三圈，就能让里边的耶稣听到你内心的秘密，然后帮你达成心愿。但如果你是先往右走了三圈，再往左走三圈，那你

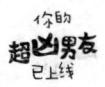

的愿望就会落空。怎么样，是不是很神奇？"

我点点头："是很神奇。"

明亦阳盯着我看了一会儿，笑了出来："你还真相信了？姜咪，你一个经历丰富的漫画家居然还相信我这样拙劣编故事的啊？"

"我相信你。"我却没有笑，很认真地看向教堂，"不管你说什么，我都相信你。"

明亦阳微微一怔："为什么？"

我扭头迎上他炽热的目光："因为我已经把心和爱情都交给了你，现在，以后，我还有什么理由不无条件地相信你呢？"

明亦阳眼里闪过一丝光芒，邪魅勾唇："姜咪，原来你才是最会撩的那个人。"

他牵起我的手，紧紧握住。

我们在教堂前一起按照他胡诌的方式，左三圈，右三圈地走，一起许下世界和平，一直相爱的心愿。

……

明亦阳想告诉我的是，让我相信他。

我继续往下看——

月萧吞了刀片，画面血腥，她被紧急送医。

然后救护车被劫，月萧成功被救走。

我虽然明白了明亦阳暗示我的意思，可我想不通他为什么要放月萧出来。如果月萧是莫初设计关进去的，她这次破釜沉舟地离开，等于放出了一颗定时炸弹。

这时阿木打电话给我，说他已经安排好了几个帮手进入零号监狱。

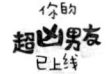

"阿木，恐怕你还要安排几个人去尽快找到月萧才行。她从监狱里跑出来了。"

挂了电话，我打给白浩，然后速度地收拾行李。

就在我拖着行李箱走到客厅时，有人敲门。

"姜咪，是我，莫初。在吗？"

这么快！

也是，他是警察，联系不上江滨他一定明白出问题了，只是我没想到他连一刻都不肯等。

我瞪大眼睛，赶忙把手机按下静音键，果然他就打电话来查验了。我死死地握着振动的手机，一时立在原处不知道该怎么办才好。

这时敲门声变得急促起来，莫初说："姜咪，我知道你在里面，你开门！"

就在这时，地板上突然投过来一个身影，我吓了一跳，顺着身影看过去，是那个戴帽子的阿田。

阿田从窗口一跳而下，长臂一伸捂着我的嘴巴，在我耳边低声道："跟我走。"

这时莫初已经在撞门，阿田揽住我的腰，飞身踩上窗台就往下跳。

想到之前我跳过一次把脚给崴了，心生恐惧地把头侧向一旁，好在阿田带着我平稳落地。

我扭头看向阿田，这下终于看清了他的长相。

黝黑的肤色，鼻翼有一道疤，嘴角上扬，眼神阴狠，鼻子很尖。

阿田意识到我的目光，斜了我一眼："逃命还分神，你是不是不想活了？"

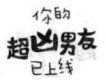

回神间，我已经被他带出了小区。

我皱眉：“逃命？你的意思是莫初会杀了我？”

尽管现在还没搞清楚莫初为什么会反水，但我不相信莫初会做出杀我这么出格的事情来。

阿田压了压帽檐，似乎没有要给我解释的意思。他看向街头，拽着我的胳膊：“白先生的车来了。”

我顺着他的目光，看到一辆黑色的保时捷由远及近。

阿田开车门，按着我的头就把我塞进去了。

他自己并没有上车。

车里，白浩示意司机开车，隔着车窗我就这样看着莫初开车出来。

我和他遥遥相望，都看到了彼此。

只是一眼对视，我已经确定莫初真的不是我认识的那个莫初了，我们之间捅破了那层纸。

车急速往前，我收回目光。

白浩穿着白色运动衫，左手拿着一个平板电脑递给我：“我想你一定有很多问题，这个应该能回答你。”

我接过平板电脑，上面是一个银行卡的转账资料，里面有一笔数额不菲的巨款。

我把平板电脑丢回到座位上：“你是说，莫初是为了钱才这么做？”

白浩摊手：“这很奇怪吗？一个警察的工资才多少钱，他就算做到退休也拿不到这么多钱。”

我冷笑一声：“莫初早就知道这刺青图背后的秘密是树灵能源，必须要先一步找到树灵能源，才能把漫画世界里魔界的暗黑势力给封印回去，否则，现实世界会遭到毁灭，他拿那么

多钱又有什么用？"

白浩不屑一顾地哼了一下。

我忽然想到了什么，再次把平板电脑打开，仔细看转账记录。我扭头看向白浩："是谁给莫初打的钱？"

白浩从口袋里掏出烟，拿出一根含住："姜咪，你还没有蠢到家。"

我倒吸了一口寒气，瞅着白浩吐出的烟圈，缓缓开口："你说你对树灵能源不感兴趣，只是对刺青图感兴趣……可是刺青图的背后就是树灵能源……你撒谎，你骗了我。"

我真是该死，之前在酒店房间里，他的话里有一个那么大的漏洞我居然没发现。

白浩把车窗开了一点，风急速地吹进来带走了刺鼻的烟味。他并不着急跟我解释，而是定定地望着我，似在等我自己想明白。

打给莫初钱的人是想要莫初掩护月萧，掩护漫画世界里的暗黑势力。

白浩派阿田来保护我逃离被揭穿的莫初，并给我看莫初反水的证据。

我皱眉："所以，你真正感兴趣的是那个给莫初钱的人，也就是制造刺青图的人是不是？"

白浩笑了，把手里的烟掐灭，俯身过来："姜咪，你总算明白了。虽然比我想象的，慢了一点。"

和赵远山一起失踪的那几天，他困在别墅里被月萧折磨得生不如死，还眼睁睁地看着赵远山死在自己面前。

为了保全性命，他假意答应月萧会把剩下的几张刺青图找出来交给她。

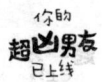

月萧放他出来后，他通过看我的漫画终于接受了漫画世界里的人物来到现实的这件事。

我主动找上他，在他的意料之中，但明亦阳的突然出现是在他意料之外的。

他索性将计就计，让明亦阳进监狱，让我去找出名单里真正拥有刺青图的神秘人。

他不放心我单独行动，也担心我一个人会生出别的什么心思，于是派了身手不错的阿田跟着我。

月萧的入狱，莫初的反水，让他更确定他们都是棋子，幕后大BOSS躲在看不到的背后。

"我不做任何人的棋子。我要尽快把这个人给揪出来，管你什么漫画世界还是现实世界。"白浩眯眸，"我们得和他们争分夺秒，再拖下去什么事都有可能发生。"

我沉默垂眸，白浩说的自然是有道理。要知道，那份名单一旦曝光，他，他所在的Y集团，还有X集团，以及一些相关的商界名流都会被拉下水。

我被白浩带到酒店入住。

"这里有二十四小时保全。月萧、铩羽他们一旦出现，你按警报器，他们会在一分钟内赶到。"白浩把门卡递给我，双手插入口袋里站在门口，"放心，这一层楼相当隐秘，所有入住客人的资料都不会泄露出去。莫初就算动用所有警力都找不到这儿。"

我瞅他："谢谢白先生帮我，不过我躲这里安全是安全了，但怎么去找出那个神秘人呢？"

白浩说："我会给那四个人发邮件，让他们过来开一个紧

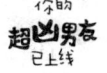

急会议。月萧已经逃出来了，就看看她有没有行动吧。"

我皱眉："那如果月萧也是抱着这个念头，怎么办？"

白浩挑眉上前一步："那就看你的了。我不是把这个任务交给你了吗？"

"……"我砰地把门关上，还反锁上了。

四周终于安静，只剩下我的心跳声和呼吸声。

知道漫画世界的暗黑势力已经入侵现实世界，还有树灵能源的事，除了我这个漫画续写者，明亦阳、月萧这些参与者，以及莫初和白浩这样的知情者之外……就是葛冉老师这个创作者了。

只是，葛冉老师已经死了，那这个贿赂莫初的神秘人，是谁呢？

我想不出来。

我掏出手机打给阿木，告诉他目前我无法出门的这个情况："你们行动也要小心，注意有没有'尾巴'。"

阿木告诉我，便利店的点被端了。

阿田没有杀江滨，只是给江滨打了麻醉剂，让他睡上两天。可莫初的速度不慢，识破我之后立刻打电话让同事跑去查封了便利店，幸亏阿田及时通知阿木，才没有造成严重后果。

我握拳，既后怕又痛恨。

末了，阿木告诉我有人要见我："姜小姐，请看电视。"

这时电视屏幕突然发出嘶嘶的声音，我扭头，不由得瞪大眼睛，屏幕里出现了一个戴着帽衫的人。

阿木对我说："姜小姐，就是她。"

我皱眉，仔细打量这个身形矮小，穿着黑色斗篷的女人，努力翻找记忆库："我认识你吗？"

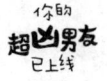

女人缓缓伸手拿下帽衫——

皮肤白皙没有一丝血色，眼睛格外细长，鼻子很挺很尖，嘴唇有点厚，像两瓣香肠。

"姜小姐，你不认识我，但我认识你。"

我皱眉，她的声音让我很不舒服。

我说："我是畅销漫画家，认识我没什么稀奇的。你找我有什么事吗？"

"我是帮助明亦阳显身在这个世界的女巫。"她定定地盯着我，一句话便让我整个人怔住了。

我一个激灵，凑到电视屏幕前，仿佛再用力一点就能钻进去直接去到她面前一样："就是你？你找我做什么？"

"我和明亦阳约定的时间到了，我是来取我该取的东西的。"

我怔了怔："什么约定的时间？什么该取的东西？"

关于明亦阳和她的交易内容，我一直不知道。

如今女巫突然出现，还说要来取东西，我的心就像被拎到了滚烫的油锅之上，满是忐忑。

"到底是什么？明亦阳到底和你交换了什么？除了我给他能对抗月萧、镖羽他们的超能力之外！"我急急地问道。

女巫冷冷地看着我，顿了顿道："一颗真心。"

世上没有无缘无故的善意，也没有不需代价的置换。

更何况，是从一个世界穿行到另一个世界。

明亦阳用一身的能力和一颗真心来换得在这个世界里凡人的普通年寿，待他拿到身份后，女巫便会挑一个时间来拿他的真心。

真心被拿走之后，他在现实世界里就不会爱上任何一个

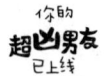

人，直至孤独地死去。

期间，明亦阳有一次回到漫画世界的后悔机会，但是一旦重新回到现实世界，这次机会就没有了，而且代价还会追加：他不但会没了真心，还会没有记忆。

"我现在找不到他。我打听到他被关进了监狱。"女巫难听的嗓音令我回过神来。

"……"他在地上画自行车之前苦恼了好久，我以为他是在苦恼该怎么给我留线索，原来……是他想不起来了，他在努力地回想我和他之间的点滴。

原来，他在我的眼皮底下开始模糊了我和他共同的回忆。

见我一直不说话，女巫开口："交易已达成，我必须要取回我的东西。"

"在取回你的东西之前，能不能给我几天的时间？执行死刑前都还有让犯人和家人见面的机会。"我抬眸，直视女巫。

女巫没再说什么。

我说："只要七天。"

女巫说："好，七天后，我再来。"

阿木送她离开。

我和明亦阳，只剩下七天的时间。

我对阿木说："二十四个小时之内，我们必须找出剩下的几张刺青图。"

我再也不要多浪费一分一秒在这些不正经的事情上面！

明亦阳就要不记得我了，他就要不记得我了……

灯光下，我的泪水模糊又清晰，仿佛看到明亦阳冲我微笑的模样。

阿木派了两个得力的助手，充当我的保镖。

没错，我要化身高级买家，去接触那四个人。

所谓最好的防守就是进攻，而在我看来，最好的进攻就是正面进攻。

黑客团查到一个国际神秘买家，叫乔禾思·丽，她是L国人，常年住M洲的B国，没有人见过她，她通常都是用视频和邮件的方式来确认货物，来完成交易。

我套用这个身份，再合适不过。

阿木手下还有很擅长改造化妆术的，弄了三个小时后，我对着镜子看不到原来自己的样子了——

皮肤黝黑，头发染成黄色，烫卷，眼睫毛戴了三层，嘴唇涂上酒红色的唇膏，手指涂成三种颜色的豆蔻，手腕上戴满彩色手环，整体的风格就是很想靠拢M洲人的L国人。

阿木对我说："相信少爷看到姜小姐，也会认不出来。"

话一出口，他怔怔回神，冲我说对不起。

我知道阿木是想给我打气，可我对着镜子挤笑，却说不出没关系。

白浩来敲门，见到我的时候，还愣了半天，还问我是谁。

看样子，效果不错。

"不过光皮囊像没用吧，你会说英文吗？还得是那种有L国口味的。另外，你想好口条了吗？你是怎么知道那些刺青图的，你高价收购有什么用，还有……"

我随手拿起水果盘里的香蕉堵住白浩的嘴："人生如戏全靠演技，英文的事就不劳你操心了。我既然是高级买家，消息渠道来源自然不用向他们解释。再说了，你帮忙把他们一起召

来，我想不傻的人自然会联想到你和我。恐怕真正要想好口条的人是你。"

说着我拿起手机，撞开他往外走："不要派人跟着我，不要打扰我的行动。"

我出了酒店，坐上阿木给我安排好的宾利车。

我打电话给阿木，让他给我找出那四人中最方便去洽谈的人选的位置。

电话那边传来飞快敲击键盘的声音。

很快我听到阿木回复我："姜小姐，现在韩兆在百丽咖啡厅的B2号包厢里，只有一个手机信号显示，应该是一个人。"

我挂掉电话对开车的保镖说："百丽咖啡厅。"

百丽咖啡厅隐蔽在市区闹中取静的好位置，用树林挡在街的那一头，一般人经过这里都不会轻易发现，很明显不是全然对外开放的那种。

选在这么一个地方，我不信韩兆是一个人来这里修身养性。

我戴上墨镜，推开玻璃门推开上前的服务生，径直往里走。

我哗地推开B2包厢的门，韩兆起身一脸准备迎接情人的温柔笑容一见到我，愣了一下。

服务生满脸愧疚地鞠躬："抱歉，韩先生，我拦不住她……"

我踩着高跟鞋缓缓踏入，抬手示意保镖在门口等我："Outside."

"Yes，Madem."

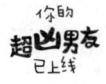

174

门被关上。

韩兆打量我好几遍，仍然满脸疑惑："你是谁？我们认识吗？"

我拿下墨镜，抬眸望他，拉过椅子径直先坐下，咬着舌头说："Mr韩，Sit down please。"

带着L国口味的英文是怎样的，我想象不出，但我可以自成一派："你不认识我不要紧，But I know you！"

这时外边传来女人的声音，但很快就没声了。

韩兆紧张地望向我："你究竟是谁？你想要做什么？别伤害她！"

资料显示，韩兆是在婚状态，有一个儿子。他早就和老婆分居了，他老婆和儿子都在T国。而他刚才那一脸殷切表情，很明显是在迎接情人。

我微微冷笑，再次抬手示意他坐下。

我要保持住绝对气场。

直视他紧张的样子，我开口："放心，我这次来，是想和Mr韩谈笔买卖，不会伤害任何人。"

韩兆皱眉："买卖？什么买卖？"

"我要买你手里的刺青图。"我开门见山，表示价格好谈。

说完这句话，我目不转睛地盯着他，都说人四分之一秒闪过的微表情是不会说谎的。

如果他没有刺青图，他一定会闪过愕然的表情，而反之，他的愕然表情超过一到两秒，那就是演的。

韩兆一脸警惕的表情，他稍稍侧脸斜看着我："你买刺青图做什么？"

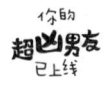

我把准备好的名片从包里掏出来推过去。

韩兆看了一眼，抬眸望我，眼神里充满怀疑："你是乔禾思·丽？"

我勾笑。

韩兆神情突然放松，拿过桌上的水杯："乔禾思·丽我可认识，她不是长你这样的。你到底是谁？"

我心下一沉，但面上依旧淡然如水："是吗？你在哪里见过我的，我怎么不记得之前和你见过。"

"上个月，我去M国在仁爱码头的三号仓库，见了真的乔禾思·丽。"韩兆眯眯盯着我，"小样，你冒充得不巧啊。"

我打赌他是在诈我，如果他真的见过乔禾思·丽，没必要把见面的具体地址都爆出来，更何况我事前查过乔禾思·丽，还有他们四个人的详细行程。

上个月，韩兆出国去的是T国，不是M国。

我抓起桌子上的茶水，猛地朝他脸上泼过去。

韩兆没料到我拿水泼他，生气地跳起来，怒瞪着我："你！"

门口的保镖闻声冲进来，我反手就给他们一人一个巴掌："Out！"

我唰地狠瞪韩兆，从包里掏出一把枪拍在桌上，俯身过去直勾勾地瞪着他，一字一句道："你再好好想想究竟在哪里见过我。"

"……"我再加上两个凶神恶煞的保镖，吓得韩兆一句话都不敢说。

老半天他才吧唧着嘴，战战兢兢地说道："你……你真是乔禾思·丽？"

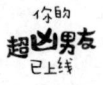

我装作不耐烦地伸手整理他的衣领，一把拎起："多少价你说说看。"

韩兆咽口水，给了我五根手指头。

我皱眉："五百万？"

"五千万。"韩兆狮子大开口，眼里闪着狡黠的光芒。

我笑着坐下，手指轻敲桌面："我要看货。"

"传说乔禾思·丽买卖都是通过互联网，这次您为什么亲自出面了呢？"韩兆问我。

"所以我才没有跟你讲价。"我用这话来回答他。

韩兆挑眉点头，表情轻松："好，晚上，麻烦您移步到我别墅看货吧。"

说完，他起身。

门口两个保镖堵着他，并看向我。

韩兆扭头，也看向我。

我点头抬手，保镖把手放下，韩兆拥着他的小情人离开。

我立刻对其中一个保镖说："跟着他们。"

一人领命而去。

我目光落在桌面，想着韩兆的每一个反应，如果他不是真的有刺青图，那就是太会演戏。

接下来，我分别去见了已经回国的赵远山的女儿赵安安、赵艳雪的舅舅贺章、白浩的哥哥白军。

赵安安说不知道什么刺青图，全程玩着手机。

贺章说要考虑看看，没有议价。

白军出价比韩兆还高了两百万，也让我晚上去他的别墅看货。

每一个我见面离开后，都让阿木派人跟着了。

离晚上去韩兆别墅的看货时间还有四个小时，离去白军别墅的看货时间还有五个小时，我是真的希望等下能找出真正拥有刺青图的神秘人。

自从便利店被莫初发现之后，阿木把窝点搬到了我的家。

我和莫初已经撕破脸，他确定我不可能再回去，所以我的住处反而成了最安全的地方。

我踱步在房间里，眼睛一动不动地扫视着监视画面。

派出去跟踪的人都在实时地传送最新消息——

韩兆在离开后去了情人的住处一直没有出门。

赵安安去了经纪公司，把自己关在舞蹈室里疯狂练舞。

贺章回到他的别墅，没有拉上的窗帘可以清楚地看到他正悠闲地坐在沙发上吸烟。

白军则是回到公司继续上班。

我皱眉，心像被火烧一样。他们是太沉得住气，还是太过小心翼翼？

时间一分一秒地过去，想到晚上韩兆和白军的约见，我就不信他们中没有人会有行动。

想到这里，我拖过椅子坐下，眼睛仍一眨不眨死死地盯着屏幕。

终于，在过了两个小时后，韩兆出门了。

他一个人出来，没有开车，而是一边打电话一边走到街边的公交车站台。

韩兆这是要去见谁？我的心提了起来。

我放大公交车站牌，这里停留的公交车有1路、14路、20路。

韩兆上了14路车。

这辆车路程最远，终点站在郊外的总车站。这个时间，14路车上没有人，跟踪他的手下如果上去就会被发现，所以没有上车。

于是我让手下想办法黑进了该公交车的摄像头。

韩兆坐在最后一排靠窗的位置，戴着耳机，嘴巴不时地开合，似在通话。

我扭头问阿木："有没有办法知道他在说什么？"

好在阿木的手下卧虎藏龙，我刚问完，就有一个声音飘出来："我马上就到了。对，就我一个人。她到底是不是真的乔禾思·丽我没兴趣，我感兴趣的是你手里的刺青图。"

我眼色一凛，果然，韩兆手里没有刺青图！

他自信地约我晚上去别墅验货，是因为他知道刺青图在谁的手里。

我瞥向另外一边，白军还在公司开会。

我困惑了，白军是戴着耳麦打电话把韩兆骗到一个地方吗？我示意手下黑进白军的手机，看他是否在和韩兆通话。

结果并没有。

那和韩兆说话的人是谁？

我立刻让手下黑进赵安安的手机，还有贺章的手机。

突然，画面上的公交车"砰"的一声爆炸。

我瞪大眼睛，眼睁睁地看着公交车弹起在火光里。

只是一弹指的工夫，韩兆淹没在火光里，看不到了。

这冲天的火光似乎要从屏幕里烧到这边来了，在场的所有人都呆住了。

韩兆死了，猝不及然。

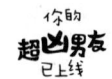

最先反应过来的男生打破沉寂："他们都没有跟韩兆通话。"

我沉重地和阿木四目相对，月萧要杀人不必用这么迂回的方式，更何况韩兆身上没有刺青图。

直觉告诉我，是那个幕后的神秘人。

我的目的很明显，月萧的目的也很明显。

可如果韩兆是这个幕后神秘人杀的，他的目的就变得模糊了……

帮月萧剔除名额？保护刺青图？

显然都很牵强。

我渐渐感觉到白浩说的棋子，伸手触及自以为是水底的程度，然而根本就是浮在表面。

墙上的时钟指向下午五点，黄昏的血色渲染天空，为最后的散场做最后的铺垫。

我对自己说，不必为韩兆的死有太多感慨，毕竟他的死不影响我继续找寻刺青图。

我对阿木说："现在的重点是保护其他三个人。"

阿木点点头。

我祈祷白军不是虚晃一枪，刺青图就在他那里，这样，一切就都结束了。

又过去了十分钟，白军的会议好像终于结束，他最后一个从会议室里走出，拿出手机打电话。

他的手机已经被黑客团入侵，所以可以同步监听。

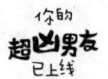

"喂。"

"白先生，韩兆死了。"说话的是个女人，显示器及时切送通话女人的资料。

我没工夫看照片下的文字信息，单看那照片我就认出是谁了——韩兆那个奔赴咖啡厅约会的情人。

听她对白军的称呼，以及说话的语气，更像是白军的手下。

"你说什么？"白军显然对韩兆的死很意外。

"刚刚警方打电话给我，一辆14路公交车发生爆炸，韩兆就在车上。警察查出韩兆是从我这里离开，然后坐上14路公交车的，所以打了电话给我。"女人顿了顿，问白军现在怎么办。

白军说："该怎么办就怎么办，你继续做好你的事就好。"

白军挂了电话，又立刻拨了一个号码。

这回，我的手机响了。

我瞅了一眼电脑屏幕，然后按下手机通话键——

"喂，丽小姐，我们提前交易吧。"

我眯眯："好啊。"

时间从原本约好的晚上九点提前到晚上七点。

白军发了一个地址给我，是他在郊外的酒庄。

我及时赶到酒庄。

白军换了一身休闲的衣服，带我去到他的葡萄园。

这葡萄园的规模很大，葡萄藤架旁边种着玫瑰花，藤架上还挂了彩灯泡串，在黑夜里一闪一闪的，像星星落下，很是漂亮。

可我没心思观赏他的葡萄园，摊手直言："刺青图呢？"

白军转身看我："你还真是心急。"说着，他掏出手机递

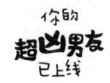

181

给我。

我的心微微一咯噔，他把刺青图拍在手机里给我看。

我扫了一眼四张刺青图的照片，抬眸看向白军："你拍照给我有什么用，我要看的是实物。"

白军收回手机，淡淡道："丽小姐，我知道你和我接洽的同时也跟其他人接洽过了。"

第九章
夜尽天明，一人渡我

我盯着他，等他的后续。

"韩兆死了。"白军瞅我。

我冷笑："你觉得是我杀的？You really think about that?"

白军缓缓收回目光："我只是觉得交易嘛，要更小心才是。"顿了顿，他又接着说，"我们都是明白人。你买这刺青图的目的是什么彼此心知肚明。"

白军在石凳上坐下，倒了两杯红酒，将其中一杯递给我："我之所以卖给你，是因为这上边的宝藏是不祥的东西，自从有了这东西之后，从赵艳雪开始，就不断地在死人。我不想为了钱丢了命。"

既然话已说开，确定剩下的四张刺青图就在他手里，我索性坐下，把假发拿下来，表明自己的真实身份："你知不知道你弟弟已经被威胁过了？这四张刺青图差点害了白浩，现在也已经危及到你了。"

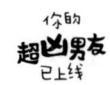

绕了一圈，白浩委托我找的刺青图，就在他哥哥白军这里，想到这中间我浪费的时间，还无端端地害死了韩兆，我就内心凄苦得想要把头磕在石头上磕出汩汩鲜血来。

什么漫画世界、树灵能源，我也没心思跟白军解释清楚，只告诉他我能遂了他摆脱噩梦的心愿，只要他把刺青图交出来。

白军没有磨叽，稍作沉思便起身，让我跟他来。

这时我扭头看了身后一眼，不知道为什么，我总感觉有人在暗处盯着我。

不过我看到的只是一闪一闪的光晕。

我紧跟白军的脚步下到地窖，白军从冷冻柜里拿出一个木盒子，四张刺青图就躺在里面。

瞬间，我有一种想哭的冲动。

突然，身后传来一阵稀稀拉拉的鼓掌声。

我扭头，是月萧、铩羽他们。

月萧、铩羽、玄凤、子星四个人抓来了白浩当人质。

我自然是打不过他们四个人的。

白浩惊恐地盯着我，盯着白军，不敢喊救命。

月萧走到我面前，盯着我："拿来吧。"

我迅速地把刺青图塞进口袋，其实是借机按动手机，让守在外边的阿木的人进来。

我与月萧进行最后的周旋："月萧，你知不知道你是怎么从监狱里出来的？"

月萧冷冷挑眉："姜咪，你和我拖延时间有意思吗？"

我继续说："你以为是明亦阳放你出来的？不是，是莫初。亲自给你下达通缉令的警察后来又帮你，你就不好奇是为

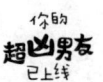

什么吗？"

月萧上前一步，抓住我的手腕："姜咪，你到底想说什么？"

"月萧，以我对你的了解，你是不服从任何人管理的。可是在这个世界里有人帮你，你莫名其妙地成了别人的棋子，你真的认为现在你从我这里夺过刺青图了就可以打开树灵能源了吗？"

我的话显然对月萧有所震动，但她还是生生地把我口袋里的刺青图夺走了。

这时，阿木带的人闯了进来。

子星抓住白浩退到一旁，铄羽和玄凤开打。

顿时，场面一团混乱。

我回神要去抢月萧手里的刺青图，月萧反应比我快，伸脚踹我的肚子，转身就跑。

我捂着肚子吃痛地倒地，死死地盯着月萧的身影。我一咬牙从地上爬起来，拨开所有人追了出去。

跑过葡萄园的小径，我感觉风啪啪地拍在脸上，月萧跑得很快，一下就翻墙而出，跑出了庄园。

幸亏我平时蹲家里画漫画的时候也好运动，再加上前男友是警察的缘故，翻墙这样的事情居然也难不倒我。

我也跟着翻墙，就在我动作生疏地翻到墙头还没有很利索地跳下去时，看到已经跑远的月萧被忽然而至的一辆车撞飞了。

又是一出杀人灭口！

我几乎可以笃定车里的人就是之前杀韩兆的凶手！

我心惊地翻墙而下，看到车子停下来。

月萧就像一朵蒲公英飞到了半空又迅速地落下。

这时车门打开，从里面下来一个人。

郁郁葱葱的树叶挡住了月光，这惊心一幕是模糊在灰暗里的，连月萧的血都看不见。

四周死一般寂静，我看着那个人一点点地走到月萧身边，我加快脚步跑过去，那个人给我一种莫名的熟悉感。

她从月萧手里拿走刺青图，我终于看清她的长相。

我脱口而出的四个字带着满满的惊愕："葛冉老师……"

葛冉老师微笑地望着我："谢谢你，姜咪，帮我续画了《此王凶萌》，还帮我找到了树灵能源。"

这一刻，我才意识到面前的人不是我的错觉。

一身素色的长裙，穿着黑色的短靴，用亚麻色的围巾围着脖子，中分及肩的酒红色卷发，还是那个笑起来露出八颗洁白牙齿的温文尔雅的葛冉老师。

可是，此时她的笑容，让我瘆得慌。

"你，你不是……"我指着她，半晌说不出话来。

葛冉倏地抓住我的手指戳到她的脸上："没错，你看到的不是鬼，是真实的我。"

我吓得缩回自己的手，后退一步。

"你……你不是死了吗？"我倒吸了一口气，脑海里不断回闪当时她病危时，我守在她床边的画面。

我是看着她咽气陪她走完最后一程的人啊！

一个死了的人怎么会活过来，好好地出现在这里？

我想到白浩的话，想到那个给莫初打钱的人……

我怔怔地看着她："你……你就是幕后策划这一切的神秘人，是吗？"

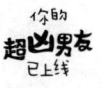

葛冉老师微笑："现在所有的刺青图都在我这里了，我要谢谢你，姜咪。从我认识你的那天起我就知道你是一个正直、善良的人，如果没有你的帮助，我不会那么快拿到这些。"

我倒吸了一口凉气，总算明白了一切。

鹬蚌相争，渔翁得利。

我也好，月萧也好，葛冉故意让我们视彼此为劲敌找出刺青图，最后为她做嫁衣。

"为什么？"半晌，我吐出这句话来，脑子里一片空白。

是的，直到现在我都不敢相信我崇拜敬爱的葛冉老师要破坏两个世界的秩序平衡。

葛冉伸手穿过没关的车窗，从车里拿出一包烟，老练地抽出一根烟来含着。

我不知道她还会抽烟。

望着她迷离的样子，我竟发现自己从未有一刻真的了解过她。

葛冉告诉我，漫画世界的失控起初让她也很意外，可渐渐地，她发现这一切可以好好利用，只要集齐六张刺青图，她就可以同时掌控两个世界，想想就是一件很刺激的事情。

我缓缓摇头，无法苟同："葛冉，你到底想干什么？你是一个漫画家呀！"

葛冉忽然凑近我，神情诡异："你不觉得亲手掌控自己创造出来的漫画世界很爽吗？"

我被她看得窒息。这时，我手腕上的定位手表突然强烈地振动。

这是我扮演乔禾思·丽的时候，阿木为防我有危险，给我佩戴的。振动越强，表示他离我越近。

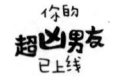

很快，我听到阿木的声音："姜小姐，你在哪里？听到请回话！"

我扭头的工夫，葛冉已经坐上了车。

我拍打车窗，想阻止她离开，却被疾驰的车子给甩到了地上。

月萧就躺在不远处，我摔在她的血泊里，由脚底而发的恐惧让我根本无法动弹。

阿木赶到，把我扶起来。

我垂眸，呢喃着："阿木，刺青图被拿走了……被她拿走了……"

阿木带我先撤回到白军的庄园。

等我回去的时候，白浩和白军已经吵得不可开交了。白浩质问白军为什么藏着四张刺青图不和他说，白军质问白浩为什么要多管闲事。

铩羽逃脱，玄凤和子星被阿木带来的手下给绑了。

阿木问我怎么办。

我想了想，让阿木把他们两个先关着。

如今，月萧已死，魔界一定会再派一个人过来主持大局。

届时，情况就会变得更加复杂。

时钟指向晚上十点五十七分。

我对阿木说我一秒都不想等了，我要去零号监狱，我要见明亦阳。

白浩拦住我："喂，姜咪你要去哪儿？刺青图没了，现在该怎么办？"

我冷冷地推开他："我怎么知道怎么办，现在已经不是我的事儿了。"

我打电话给莫初，让他过来收拾月萧的尸体。

作为亲眼看到葛冉撞死月萧的目击证人，我自然可以一五一十地说出来，可是真正要追踪葛冉，只有靠阿木那帮黑客小子了，我无能为力。

莫初面无表情地让同事把月萧抬上担架，我望着他。此时已经没有了月光，漆黑的天空下，仿佛把世间的黑暗都沉淀了下来。

我在旁边默默地看着他走程序，他问我什么我就答什么，直到我把我看到的都一五一十地说完。

我望着他："莫初，最后帮我一个忙吧。"

"你说。"

"送我去零号监狱。"

莫初望着我，神情复杂。

我微微一笑："莫初，这回不用你动手，就让我和明亦阳两个人一起自生自灭吧。"

莫初张了张嘴，却什么也没说，只是点头答应了我。

我转身要上阿木的车，莫初喊住我，半晌说了一句："对不起，姜咪。"

对不起什么？

我已经没有原谅他的心了。

第二天凌晨，我在零号监狱的门口看到了明亦阳。

几天不见，他瘦了很多。

监狱不是人待的地方，即便派了人保护，想来明亦阳还是吃了不少的苦。

明亦阳看到我的时候，神情先是迷茫，再随后是分辨过后

的微笑："姜咪，还不快过来。"

我鼻子一酸，像离手的玻璃弹珠，扑过去紧紧地抱住了他。

"明亦阳，我好想你。"

我真的真的好想你。

明亦阳轻轻拍我的背，我不知道他的记忆缺失严重到了哪一步，他安抚我的姿势都显得那样生疏。

莫初说："白浩放弃了起诉，所以他可以恢复自由。你们赶紧走吧，走得越远越好。"

我拉过明亦阳的手，头也不回地上了阿木的车。

我和莫初不必说再见，亦不必说抱歉。

车子启动，我的世界里只剩下明亦阳。

阿木强压住激动的心情："少爷，您终于出来了，我们都在等着您。"

明亦阳点点头："阿木，你在外边辛苦了。"

这时，他又很"明亦阳"了。

我意识到他只有对我的这部分缺失程度加深，心情像湿透的海绵不停地下沉，十分难过。

我带明亦阳回到落脚点，换了衣服，我命阿木准备了丰富的餐点给他接风洗尘。

落脚点是我租的一栋民宿，民宿的装修风格和漫画里我给明亦阳画的豪宅是一模一样的。据说民宿老板是一对年轻的80后夫妻，是我漫画的忠实书迷，所以有了把漫画场景搬到现实中来的想法。

我希望明亦阳住在自己熟悉的地方，能够让他对我的记忆消退得慢一点，再慢一点。

明亦阳换了衣服就说累了，想先回房休息。

我点点头，说等他休息好了一起吃饭。

明亦阳不在，阿木告诉我，他顺着葛冉驾车离开的轨迹追踪，结果没多久她就像人间蒸发了一样。

要找到葛冉不是容易的事，我早有心理准备，只是阿木带着那么多人才追踪也是一无所获，我的心多少还是有些刺痛。

我摆摆手，表示知道了，让阿木先下去。

我独自待了一会儿，决定上楼找明亦阳。

我推开门，听到了打印机吱吱作响的声音。

明亦阳在打印我和他的漫画片段。

他坐在床尾，地上全都是打印出来的彩纸，他手里握着一张，望着出神。

我一张一张地收起彩纸，慢慢地走到他身边。

他手里的漫画片段，是我和他在地下车库对战铩羽、玄凤两个人。

我指着他为了接住我不让我受伤时的意外之吻，笑道："这算是我们的初吻哦。"

明亦阳说："可是我却怎么都记不起来了。"

他的声音很轻，轻到似乎只是说给自己听的，却清晰得连尾音的叹息都掷地有声地落在房间的每一个角落。

我的心像是被狠狠地揪了一下。

明亦阳抬头看我，眸子里没有了往日灵动的神采。他骨子里玩世不恭的痞范仿佛被全部收了起来，漾满我看不惯的忧伤："你一点都不惊讶。"

我一怔，回神。

"女巫找过你了是吗？"明亦阳凄凄苦笑，"我早该想到

的。"

我慢慢蹲下，伸手握住他的手，哽咽道："我们还有六天，明亦阳，我们还有六天，就算你真的最后忘了我，我也会陪在你身边的。"

明亦阳轻轻地捧住我的脸，无比惋惜："只有六天了？"

我这个人不善言辞，不懂该怎么说，就算只剩下六天也够了。

我紧紧地抱住他，咬唇忍住眼泪："我爱你，明亦阳。"

这是我第二次向他表白。

这一次，我希望他记在心里。

我和明亦阳擦拭掉泪水，回到餐厅开心地用餐。

就好像在漫画世界的时候，我们学会关掉耳朵和这个世界拉开距离。

我决定，不管如何，这六天，我要好好地给明亦阳制造遗忘前最美好的回忆。

我打电话给出版社，表示《此王凶萌》暂停连载。

我向女巫要来的七天，很快就进入了第二天。

幸好，老天眷恋，虽然入冬了，但天气很好，阳光充沛。

我带明亦阳去郊外学骑车。

两辆自行车。

一辆红，一辆蓝；一个像火焰，一个像海水。

明亦阳一定要骑红色的，这倒很像他嚣张又骚包的性格。

不过我也是教他骑车后才发现，他好笨。

我扶着他的车后座，努力地教他保持平衡。

可不管我怎么说，明亦阳抓着车把手总是左摇右晃，动不动就用他的大长腿就杵地。

"明亦阳，往左！往左！"

"明亦阳，你的重心要向前！"

"明亦阳，你重心往前的同时，要蹬踏板！"

······

随着某人"哎哟"一声摔倒在地，明亦阳的男主角光辉瞬间在我面前七零八落地崩塌了。

"明亦阳，你怎么这么笨！"

果然想象和现实都是有着超模和矮子般的差距的！

明亦阳没好气地反驳："我都是开跑车的，谁骑过这种两个轮子的东西了啊！"

我心疼又无奈地跑过去扶他，被他一把拉入怀里，在我对视到他一闪而过的狡黠目光时，我已经失去重心地压在他身上了。

明亦阳挑眉看我："学骑车我是笨了点，但是撩你我还是很在行的。"

我愣愣地眨眼，反应过来后正要恼羞成怒他这个学生搞不清楚重点时，他抻长脖子一下子用嘴堵住了我的唇。

我缓缓闭上眼睛，被他身体力行地转换，立刻从老师的身份变回了女友。

我和他肆无忌惮地在地上打了个滚。

明亦阳俯身在我之上，越发轻柔地吻我。

我的双手轻轻地搭住他的腰间，感觉阳光和呼吸都是甜的，因为被他的吻加持过。

很后来的时间里，我都希望我和明亦阳就停留在那个当下。

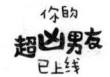

每一寸的快乐，都恰到好处地镶嵌在我心跳的框里，美好无比。

第三天，我带明亦阳做陶土，我们为彼此设计一个专属于对方的杯子，可是刻我名字的时候他想了很久。

第四天，我和明亦阳去水果园采草莓，亲手做草莓酱，可是采集到后来他只采了他一个人的部分，完全忘记了是和我一起做的搭档项目。

这些都是他生命里没有做过的，而我想参与到他的每一个第一次，我私心地认为这样或许可以刺激一下他每一秒的遗忘。

如果不是苑以薇出现的话，我一定能和明亦阳平静地度过剩下的两天。

第五天的早上，下起了淅沥的飕飕冬雨。

我和明亦阳在庭院的玻璃房里喝咖啡，阿木过来说有人找我。

我心下一沉，以为是女巫，但阿木摇头说不是，是一个叫苑以薇的女孩儿。

我思索着这个名字，确定不认识。

阿木迟疑了一下："可是她说，姜小姐您应该认识徐颖影。"

我脑海里猛地闪过一张脸，我让阿木带她进来。

不一会儿，我便看到一个瘦弱高挑的女孩子，剪着一头学生头，皮肤白皙，穿着黑色露肩长袖，一条简单的破洞牛仔裤，脖子上挂着一个相机。

这样的一个女孩子，让我很难把她和之前躲在女巫馆里给徐颖影收惊的所谓苑大师联系到一块儿。

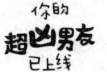

我扭头看向明亦阳，问他还记不记得那个神龙见首不见尾的苑大师。

明亦阳放下咖啡："当然记得，那个说能招魂，本事很大的苑大师嘛。是她？"

明亦阳伸手上下指了指苑以薇，满脸疑惑。

是了，苑大师怎么会是这种打扮？

感觉她那个小助理更像大师一点。

"你找我有什么事吗？"我看向这个年纪和我差不多大的苑以薇，总觉得她那灿烂的笑容让我不安。

"不是找你，是找你们。"苑以薇的目光在我和明亦阳之间流转。

我和明亦阳四目相对。

接下来，围绕着茶几而坐的我们，终于搞清楚了这个不速之客的来意——

苑以薇脖子上的相机里都是偷拍我和明亦阳的照片。

这几天我和明亦阳在哪儿，她就在哪儿。

像是知道我生气会删掉照片，坐在对面的她提前"善意提醒"："这照片有备份，你可以随便删。"

我冷冷勾笑："你到底是大师还是记者？"

明亦阳接过相机，飞快地扫了两眼："照片很漂亮，不过你这个行为很不漂亮。如果你今天来是为了敲诈的话，我不介意把你送进警察局去。"

我用沉默表达了支持。

苑以薇笑了笑，从包里拿出名片："我是《MUSE》杂志的首席记者，之前X集团的晚宴，也就是赵艳雪死的那天，我也在场。"

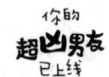

"姜咪，你续画的《此王凶萌》，点击量和关注度一直很高，我对你这个创作者很好奇。我一直在追踪你身上可以挖的东西，当我发现你对命案好奇后，便一直默默关注。所谓的苑大师，不过是我伪造的一个身份罢了。"

　　我缓缓垂眸，接过她的话茬："所以当你发现我身边有了一个和漫画里的男主角几乎一模一样的男生出现在我生活中，并且我还和他谈恋爱了的情况下，你发现了追踪的爆点。"

　　苑以薇很是兴奋地明亮了目光："是的。你和你的男友简直就是漫画里男主角的翻版。不，我的意思是，你们两个就是漫画里的两个。这样能激起万千读者兴奋的事情，怎么可以默默地就窝在这隐蔽的民宿里而不公告天下呢？"

　　我提起的心略略放下一点，她只是以外人的角度发现了这新奇的点，而不是真的知道内情。

　　明亦阳二话不说站起身要赶她走："请你立刻离开。我们没兴趣陪你炒新闻。"

　　苑以薇并不慌张，似有备而来一般："你们真的不再思考一下？真的就这么赶我离开？"

　　我皱眉，果然听到她接下来说道："这些照片我已经备份在我电脑里了，如果你们真的不同意配合我，那我就单方面公布了，大不了没办法做连载，也是能火好一阵子的。"

　　"……"这个苑以薇果然不是什么善茬，我深吸一口气，咬着后槽牙问她到底想怎么样。

　　苑以薇笑了笑，告诉我她想要为我们做一档节目。

　　作为一个漫画家，我已经有一个很红的作品，依仗该作品把自己推向热搜的风口浪尖是很有噱头的事。

　　我按住想要发飙的明亦阳："好，我答应你。"

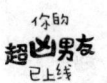

苑以薇得到她想要得到的答案后开心地起身，也不预备把相机拿回去："这些就送给你们当纪念好了，我们保持联系。"

苑以薇走后，明亦阳疑惑地看着我："姜咪，你明明是不愿意的，为什么要答应她？"

"如果不答应她，我们有什么更好的办法吗？"我微笑。

"就算没有，我也不会让她走出这里！"明亦阳皱眉，语气霸道。

"暂且抛开她的威胁不说，把你推到聚光灯下是我曾经答应过你的事。"我说。

明亦阳陷入回忆，不过他的神情仍旧迷茫。

我故作轻松地说："我做过你的经纪人，你还说要用你这张帅死人的脸当明星，赚很多很多的钱养我，这样我就不用再辛苦地画画了。"

明亦阳拿过手机，打开前置摄像头，很认真地端详他的脸："嗯，我想我确实说过那样的话。"

我扑哧笑出声，损他臭美。

明亦阳顺势拉我入怀，轻轻地叹了口气："可我只想安静地陪你待着，不想打破这样的日子。"

我听着他结实有力的心跳声，心空荡荡的。

很快，这心跳里再也不会有我的影子。

我攥着他的袖口，仰头看他："明亦阳，你从来没有对我说过，你爱我。"

明亦阳的眸光温柔得像热巧克力，他的唇轻轻地落在我的额头："我爱你，姜咪。"

我不争气地湿了眼眶："明亦阳，这话真好听，能再说几

197

遍给我听吗？"

可能一个人拼命地忘记，一个人便要拼命地记住，这样才可以达成爱情里的平衡，不让其被时光碾压，我这样对自己说。

明亦阳记得我的最后一天，苑以薇把我和明亦阳的照片发上了网，打着从漫画里走出的CP噱头，点击量和转发量立刻飙升。

我停止连载的漫画平台，邮箱被闻风而来的网友用邮件塞爆，导致瘫痪。编辑笑得前俯后仰地告诉我，《此王凶萌》的电视电影改编权已经有好多公司前来接洽了。

他说完这个好消息后不忘叮嘱我现在可以暂停连载，但之后一定要补上结局。

我挂掉电话，不由得苦笑，结局吗？我也在等着看是怎样一个结局。

米洛也第一时间找到我，用最快的速度召开了记者发布会，将明亦阳正式推到大众面前。

就像一枚被尘土掩盖多时的明珠乍现在大家的面前，明亦阳和我漫画里男主角近乎一样的长相，再次为他镀上一层神秘的光辉，大家对他的好奇心和关注点达到最高点。

明亦阳以"明天"的身份，火速出道。

我作为创作者和明天女友的身份自然也得到了关注，但显然，更大的关注度在明亦阳这位超级美男的身上。

米洛是个老手了，自然知道怎样有利规导，保护和发挥艺人身上最大的利益价值。

所以整个发布会上，从没有亲口承认过我和明亦阳的情侣关系。

记者们不断提问我和明亦阳是怎么认识的，我们交往了多久之类的问题。

　　我扭头看向明亦阳。明亦阳经过造型师的一番打造，更加闪亮。他穿着一身宝蓝色格子西装，戴着墨镜闭口不言的样子无端端树立了几分陌生而高冷的气场。

　　这时，明亦阳拿过话筒要打破这种沉默，米洛脸色微变，有些许紧张，并拿眼色示意我。

　　可我也不知道明亦阳要说什么。

　　"我忘记了。"

　　这简短的四个字，像一阵冷风卷走了躁动热闹的现场。

　　苑以薇坐在最前边，刚才最后一个犀利的问题是她提的。

　　"我忘记了。"明亦阳又重复了一遍，然后说，"这就是我的答案。"

　　在经过短暂的愕然之后，众人立刻默契而会心地哈哈大笑，米洛也舒了一口气。

　　所有人都道这是艺人情商高的惯用手法，这个明天看来是天生做明星的料。

　　只有我知道他说的是真话。我怔怔地盯着明亦阳冷静的脸，他双眸没有一点波澜。

　　他不是在打官腔，而是真的忘记了。

　　我暗暗握拳，缓缓转头，看到角落里一个刺眼的身影，是女巫。

　　她冲我做了一个终止的手势。

　　时间到了。

　　我要来的七天时间，终究消耗殆尽。

　　时间不会因为任何一个人的任何事而放慢脚步，停下来。

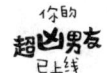

我想过无数种和明亦阳好好说再见的场景，都没想过会是在这样万众瞩目，现场直播的情况下，和明亦阳就这样没有任何形式成了陌生人。

原来再见，就是来不及说再见。

我不知道我的嘴角是否还上扬着，我不知道我的神情是不是太难看，我亦不知道我是怎么挨过这后半场的发布会的。

我只知道，等我回到休息室的时候，明亦阳拿下墨镜盯着我说："姜小姐，今天辛苦你了。接下来需要你配合的地方会越来越少，所以麻烦到你的地方也会越来越少。"

米洛看着我，神色诧异。

听到明亦阳这么客气礼貌地唤我姜小姐，我连呼吸都忘了似的难受。

我强撑着笑，点头说好。

转身间，听到明亦阳询问米洛他的新住处在哪里。

带上休息室的门后，我整个人再也挪不动一寸路了。

我紧紧地挨着墙壁拼命地喘息，恨不得伸手进嘴里把压在心上的大石给挪开。

我失去了明亦阳。

我再也看不到他眼底只对我释放的温柔。

我想哭，想骂人，想冲回进去吼明亦阳他再叫我一声姜小姐试试？！

可我什么都做不了。

我不该愤怒的，我已经提前知道了结果不是吗？

我咬唇强忍翻江倒海的泪水，听到身后有人喊我："姜咪。"

一个身影转到我面前："去我办公室聊一下吧。"

是米洛。

他一定是对我和明亦阳上场前后的相处态度感到奇怪了。

我跟他去到办公室。

米洛问我："你们吵架了？"

我摇头："没有。"

"那是怎么回事？"米洛皱眉，"虽然我不并不喜欢你们拿CP关系捆绑营销，但是吵架的话……"

"他失忆了。"我冷冷地打断米洛的揣测。

"什么？"

我没有说具体的原因，只是简短说明明亦阳得了一种记忆退化的毛病，记忆这一块会随着时间慢慢地变得跟不记事的老人一样忘性大。

我没有继续画漫画，带着他归隐居住，就是为了陪伴他最后记得我的时刻。

"只是这一切计划，都被那个记者打破了。"

米洛恍然大悟，拍手："原来是这样啊！"

我瞅他那眼珠子转动按捺不住欣喜算计的模样，缓缓起身："所以接下来他就交给你了，你全权安排他的工作和生活。我希望你好好地照顾他，如你之前承诺的那样，把他捧成超级巨星。这样，对你，对他都是好事。"

米洛一听我这么说，高兴得眉飞色舞："那是自然。他是我做经纪事务这么多年来遇到的最好的苗子，他就是我的摇钱树啊！"

我点点头："那就好。"

"姜小姐，那之前我和你签的合同……"

"你过来收拾明……天东西的时候，我会一起交给你

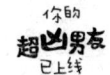

的。"我垂眸，"没有别的事，我就先回去了，我有些累。"

米洛殷勤地给我开门："我送你。"

"不用了。"

我走出米洛的办公室，以落荒而逃的姿势，快步离开。

待我出了红白娱乐公司大楼，走得太急，踩空阶梯，差点就要摔下去，这时一只手适时地扶住了我。

我抬眸，是女巫。

我推开她的手，一言不发地往前走。

我知道她在看着我，我不能让她看出我的软弱和难过。

我的爱情，没有任何人有资格拿走。

我回到民宿，走进明亦阳的房间。

有阿木在，明亦阳的房间永远都是整洁如新的，不过这次在我答应了苑以薇的要求后，便没有让阿木整理了。

明亦阳的行李，我希望是由我亲手收拾打包的。

我坐在床上，拿过他换下来的睡衣抱在怀里，留恋他的味道。

他不能再回那个他能主宰且惬意的漫画世界，那在这里，我能为他做的就是让他重新成为那个耀眼的明亦阳吧。

爱一个人，就是把最好的都给他。

原来这句话还有后半句：无须他知晓，甘之如饴地去犯傻。

我抽过枕头下的裤子时，一个黑色的长方形物体滚到了我的视线里。

我定睛一看，竟是一支录音笔。

我鬼使神差地按下录音键，听到了明亦阳的声音——

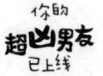

"姜咪，当你听到这段录音的时候，我想我已经完全不记得你了。对不起，姜咪，你如果想要打我你就打，我特意定制了一个和我同等比例的人偶，放在了衣柜里。你要发泄就对着它发泄吧。"

我半信半疑地去推开衣柜的门，真的看到一个"明亦阳"躺在里边。

我又好气又好笑地把"他"拎出来丢在床上，听到明亦阳继续道："我知道，你在心里无数次地怪过我，怪我为什么要和女巫做那样的交易对不对？"

我深深地吸了一口气仰头看着天花板，努力不让眼泪夺眶而出。

这个该死的明亦阳，就是故意的，故意戳破我的故作大方，故意戳破我心里像迸发的火山周而复始地燃烧又熄灭的愤怒和不甘。

半晌，我听到他说："如果我说，是因为我对自己自信，你信吗？"

我怔了怔。

"我相信就算我把你给忘了，我还是会重新爱上你。我不信邪，我不信那个女巫能永远成为我们之间的障碍。姜咪，为了永远留在你的身边，我想赌一把，可以吗？"

"……"

……

"我想赌一把，可以吗？"

我想赌一把，可以吗……

我攥过"明亦阳"人偶，对着"他"的脸就是一捶又一捶！

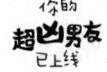

203

女巫说你会永远失去真心，你这场赌，根本就没有胜算，到底是谁给你的勇气！

　　打累了，我趴在"明亦阳"身上瘪瘪嘴："明亦阳，我想你。"

　　还没有分开二十四小时，想念就开始不放过我了。

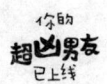

第十章
人间热望

晚上。

米洛带着明亦阳过来拿行李。

米洛说："你自己亲自看看落了什么没有，一次搞定。这样我们就可以尽快投入忙碌的工作中去。"

说完他便到外边等他，带上门前还不忘用怜悯的目光飞快地扫了我一眼。

我知道，米洛是故意留时间给我和明亦阳。

我竟有些感激这个爱装又把算计当特长的经纪人了。

我把收拾好的行李箱放到地上平铺，打开，看向明亦阳："都在这里了，你可以看一下。"

明亦阳双手插入口袋，大致扫了一下："其实缺什么我都可以重新买新的，米洛实在没必要把我拉过来一趟。不过……"

他的目光扫到我后方，微微歪头："那个不打算还给我吗？"

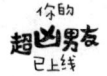

我扭头，他说的是我放在沙发上的人偶。

我摇头："不还，那是你送给我的。"

明亦阳定定地望着我，上前一步，低声问我："我们……真的谈过？"

我没有说话。

明亦阳眯眸："那我怎么一点印象都没有？更何况，你好像不是我的'菜'吧。"

"……"这样的明亦阳真让人讨厌。

我索性挑眉："米洛没和你说过吗？你之所以失忆，是之前为了救我被砸到了脑袋受伤导致的。"

明亦阳不动声色地盯着我，似在揣摩我说的到底是真的还是假的。揣摩完毕后，他还是指着沙发上的人偶："还是把那个还给我吧。"

我有些好奇他如此执着那个人偶的原因："为什么？"

"我……"明亦阳显出一些别扭神色，吞吞吐吐道，"我不喜欢别人对我的肖像人偶动手动脚的。"

我扑哧笑出声："那你管我一个也没用啊，现在一定有玩具工厂在批量生产了，你怎么办？"

"我现在看到一个管一个。"明亦阳皱眉，"你到底还不还我？"

"不还。"我回答得干脆利落。

"你还不还？"

"不还。"

再一次交锋，他站到我跟前，我扬起的下巴几乎快要杵到他的下巴了。

突然，他越过我就要去抢人偶。

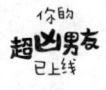

我反应神速地拽过他的腰，一个扫堂腿就将他放倒在地。

明亦阳震惊脸地看向我，我则得意扬扬地以绝对位置的优势，俯视惊恐的他："现在你知道了吧，我不但能对你的人偶做什么，还能对你本人做什么。"

"……"明亦阳推开我，狼狈地爬起来。

他指着我一时语塞，又随后猛地拉起行李箱迅速离开。

走到玄关处时，他还不忘回头瞪我一眼。

门砰地被关上，我笑着笑着，忽然笑出了新的希望来。

或许是明亦阳的录音启发了我，或许是刚才我故意把人偶放在沙发上有了这样一个有趣的冤家戏码。

总之，我有了再次接近明亦阳的勇气。

明亦阳走后，我也从民宿搬出来了。

回到自己的家，里里外外都打扫了一遍。

这个曾经因为种种原因并不安全的地方，现在随着刺青图被葛冉带走，已恢复了平静，也没有了离开的必要。

我坐在自己熟悉的电脑前盘腿而坐，手里拿着一罐啤酒，仿佛又回到了以前的生活。

只是少了一份热闹，多了一份寂寞。

以前我每天除了画漫画就是睡觉，总觉得时间不够用，恨不得把二十四个小时掰开来变成四十八个小时。

可是现在，不用画漫画了，时间多到让我害怕。

发呆了三天，我觉得我需要找点事情来做做。

于是我拿上包出门瞎逛，不知不觉就逛到了明亦阳的新公寓。

好吧，我承认，我就是想来找他的。

米洛对明亦阳是真不错，给他找的房子，是本市的明星小

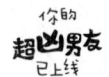

区"天河水岸"。

只有一栋立在市中心的位置，保安严密，二十四小时巡逻，南可望天桥，北可赏河溪。

我站在小区门口，抻长了脖子往里看。且不说这密密麻麻的楼层不知道明亦阳是在哪一层哪一间，就是怎么进去也是毫无头绪。

不过今天我是看不到明亦阳了。

米洛给他开了微博，不过几天的工夫就有了几百万的粉丝，我也关注了。

明亦阳今天在摄影棚拍杂志封面，根据现场图片来看已经有一大票女粉丝堵在录音棚门口拿着各种应援在苦苦等待了。

我站了一会儿准备回去，突然便听到了警车的声音。

扭头一看，竟是莫初的车。

莫初来这里做什么？我心下一紧。

只见保安迎出来，迅速带莫初进到里面去。莫初带的几个同事立刻把门口围了起来，其中一个是曾凡。

之前，他来码头接过我、莫初，还有明亦阳。

我三步并作两步地快速过去，故作不经意经过的模样。

果然，曾凡喊住了我："姜咪？"

我扭头，走过去："咦，你们出勤吗？这是在做什么？"

曾凡摆手道："抓贼。这小区一户人家进贼了。"

我点点头："哦，幸好不是抓杀人犯。"

曾凡愣了一下，继续摆手："自从通缉令撤了以后，我们就轻松很多，每天也就是接接小案子跑跑腿什么的。"

我刚想问具体是哪户人家、报案人是谁时，被曾凡抢先问了一个问题："姜咪，我莫初哥是不是遇到什么麻烦了？"

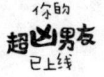

我盯着他八卦的模样问："为什么这么说？"

"他平时也是工作狂，按理说也没什么特别奇怪的，可之前他就算工作再晚都会回家里去睡的。现在没之前那么忙了，他还每天都待在局里，窝在沙发上也睡不踏实。"曾凡絮絮叨叨地说了一堆，我才听明白几个关键词。

不回家、焦虑、不安。

我垂眸，莫初海外账户上的钱我没有告发，一是因为这个账户不是莫初的名字，是白浩用特殊渠道查到的，我没有足够的证据；另一个原因是当还了之前他帮了我和明亦阳这么多的情谊。

事实证明，这件事对于莫初来说还是如鲠在喉的。

我是不是该为他这样貌似悔过的样子感到欣慰呢？

见我不说话，曾凡眼色贼精："难道我真猜中了？莫初哥到底发生什么事了呀？"

我微微挤笑："这个我怎么会知道，如果真的担心你莫初哥，你可以自己去问他呀。"

和他说话间，莫初走了出来。

我转身想离开，毕竟现在和他见面太尴尬了，可在对上他目光的瞬间，我的反应比想象中的好很多。

反倒是莫初先挪开视线，随而又重新看向我。

曾凡上前："莫初哥，怎么样？"

莫初摇头："这个贼很专业，应该是老手，之前来踩过点避开了所有的摄像头。不过奇怪的是……被偷的那户人家什么也没丢。"

曾凡眨眼顿顿："那，还叫贼吗？"

"或许对方不是为了偷东西而来。被偷的那户人家是

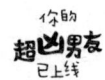

209

谁？"我问道，"是他吗？"

莫初知道我指的他是谁，摇头。

我立刻心安了。

和明亦阳无关，那就好。

不过我抬眸间，莫初的脸色也没有轻松些许，他看向曾凡，示意回局里。

我喊住他："莫初。"

曾凡冲我笑了笑，识趣地先上了车。

莫初关上车门，没有拿正眼看我。

"那笔钱，你打算怎么办？"我开门见山地问他。

莫初没说话。

我叹了口气："听曾凡说，你这段时间一直焦虑不安，我想是跟这笔钱有关吧？你是警察，你知道什么叫天网恢恢疏而不漏，葛冉迟早会被找到的。"

莫初侧过头看我，忽然冒出一句话："姜咪，你从来没问过我，为什么我会变成这样。"

我怔了怔。

事情发生到现在，我的确没有问过莫初原因。

我自认为他能做出这样的举动，自有他隐晦到不可说的原因。

我不问，是一种尊重，我竟不知道，他是希望我问的。

莫初眼里的刺痛让我诧异。

"那……"

"算了。"他摇头跳上车，扬长而去，没有给我答案。

"……"我立在原地，久久没有从他的眼神里回过神来。

不知道过了多久，阿木打来电话，语气有些急迫："姜小

姐，玄凤和子星逃走了。"

"好，我知道了。"

一起没有物品失窃的入室盗窃案，两个人的逃跑，会是巧合吗？

我不是乐观主义者。

我想到莫初未见轻松的表情，不由得皱眉。他一定有什么没告诉我，而他那句忽然问我的话更像是在扰乱我的心思……

不行，我一定要搞清楚这之间的关联。

我一个激灵，就拦车去到明亦阳的摄影棚。

明亦阳炙手可热，米洛亲自跟在身边，这样拍杂志的通告他也在，我给他打电话的时候，他很不高兴地告诉我如何从侧门进入。

待我心急火燎地进去后，迎面就撞上准备开炮的他："Hey, Miss姜！Are you kidding me? Why are you here? 你不是说过明天的事不管了吗？为什么又要来？"

我张了张嘴："我后悔了。"

"What？"米洛把眼睛睁得更大，眼珠几乎都要当飞镖飞了出来。

"明亦阳有危险！"我拉住他的衣领，"如果你不想你的香饽饽再一次无故消失，就别急着拦我！"

米洛被我说得一愣一愣的，大抵是我的目光认真而带有肃穆的杀气，他最终还是妥协地带我上去。

我让米洛放心："我只是想要保护他的安全，其他的我什么都不会做。"

米洛没说话，他是个聪明人，当知道我说的是真话。

来到摄影棚里，明亦阳正在拍照。

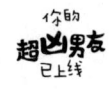

这是一套与漫画版同行的真人照片，电脑投影仪切换我漫画场景里的背景图，他摆出各种造型。

我站在暗处，望着被灯光和闪光灯包围的明亦阳，心里是暖暖的。

他天生就是吃这碗饭的，动作、表情都十分专业，一点就通，除了当模特走时尚圈外，之后相当可以走演员这条路。

米洛跟我说这些，眼神里充满光芒的同时还不厌其烦地暗示我这样一个流量担当的小鲜肉如果被恋情所累会有多大的阻碍。

这时摄影师打板说休息一会儿，我撇开絮絮叨叨的米洛，三步并作两步地走过去："明天，关于拍摄《此王凶萌》的剧本内容，我有事要和你谈一下。"

明亦阳一愣："怎么又是你？"

大家或捂嘴笑或若有所思地各自退到一旁，该做什么就做什么。米洛过来画蛇添足地把我的话又重复了一遍。

明亦阳皱眉，从台上下来，居高临下地定定看我："你到底用了什么方法让米洛带你进来的？"

我咧嘴笑："你猜。"

明亦阳自带抱怨眼神地看向米洛，米洛只好推着我和他去休息室："我去买奶茶，我请客哈。"

进到休息室。

明亦阳双手抱臂："说吧，找我什么事。"

我装傻充愣地摊手道："我刚刚说了呀，是为了剧本的事情来找你的。"

明亦阳皱眉："这种事找米洛谈就好了，我们有必要见面

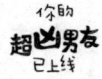

吗？"

　　我清嗓子："嗯，是这样的，漫画改剧本的事情我和米洛商量了一下，还是希望我自己来操刀。而这部剧呢，对你对我而言都是第一部处女作，非常重要。米洛说了，希望穿插一些发扬你主角光环的情节，也就是说我要针对你个人定制创造，在这个过程中呢，我提议还是和你近距离接触比较好。"

　　明亦阳眯眸，倏地凑近我："你确定不是在假公济私？"

　　他这么抗拒我，让我觉得有些难堪。我抿唇举起拳头："就算是，你想怎样？"

　　明亦阳忽然屃了一下，我感觉他是想起了跟我抢人偶时的粗暴行为，我忍俊不禁地咬住唇："如果你有任何的不满，大可以找米洛。反正呢，我只是完成工作而已。"

　　见我态度强硬，明亦阳闷声道："那好吧，我工作的时候你就暂时充当贴身助理跟在身边吧。"

　　"还不止如此，我得跟你一起住。"我得寸进尺。

　　明亦阳弯腰，拉过我的椅子扶手，脸上明确写着拒绝："姜咪，你少费心思了，我是绝对不会喜欢上你的。"

　　他说这话时，眼神里决绝的笃定让我不禁出神，想到他在录音笔里说的那些话，也想到了他没有忘记我时的温柔。

　　在他看来，我就是一个迷恋他美色的漫画家，我和那些因为他的容颜对他一见钟情的女粉丝没什么区别。

　　我心里涌起一丝丝的酸楚，又飞快压下。

　　我抓过他的衣领，面露不介意的微笑："没到最后一刻，你这么早说狠话做什么？"

　　目光对峙的时刻，米洛提着奶茶走了进来。

　　明亦阳推开我的手，站直身体，气夯夯地瞪着米洛："她

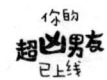

213

说晚上还要跟我一起住，说你答应了的，是真的吗？"

米洛听到这话也吓了一跳，望向我："姜咪，你这……"

"如果你担心我会对你家艺人图谋不轨，我们三个一起住就好了。"我耸肩。

米洛把奶茶放下，看了看我，又看了看明亦阳，拉明亦阳去一旁说私房话。

我定定地用目光锁定米洛，拿出手机给阿木发了一条短信，然后我再打电话给米洛。

把手机搁到耳边，就能听到米洛和明亦阳的对话。

米洛："明天啊，她毕竟是一手提拔你的漫画家，这剧本挑选角色的事也有主导权的。你就委屈一下，她搞定剧本用不了多长时间的。"

明亦阳："除了我，还能去哪里找到漫画主人公里同款？我需要这么讨好她吗？还有你，你不是很介意我和她的绯闻，恨不得让我和她划清界限的吗，怎么现在又……"

米洛："嘘嘘，你小声一点，就要被她听到了！"

明亦阳："听到就听到。哼，我怕什么。"

米洛拍明亦阳的肩："没错，我也不喜欢你和她掺和在一起，但我仔细想了想，现在忽然断得干净也容易让人觉得太假。好了好了，她就是个女的，总不能对你霸王硬上弓吧。"

"她……"明亦阳忽地收声。

两个人扭头齐刷刷地冲我扯了扯嘴角。

我估计某人欲言又止的话应该是："她才不是女人！"

我也只当什么都没听到，看着他们两个慢悠悠地问："怎么样，商量得如何了？"

米洛说："明天就是有点不习惯和人一起，所以助理到现

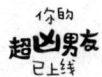

在都还没有找，姜咪你稍微体谅一下哈。"

我挤笑，就当作是对他的话的回复："我不会打扰到你们正常工作的。那么时间宝贵，我们就这样确定了好吧。"

明亦阳拿过奶茶直接走到一旁换衣服去了。

米洛用他所有的肢体动作告诉我，如果我拿明亦阳的安全虚晃他，他就将我五马分尸。

我也不知道是不是该感谢神秘贼人的出现以及玄凤和子星的逃走，这两件事凑一堆，给了我绝好的理由和明亦阳亲密接触。

忙活了一天，直到深夜。

我终于等到明亦阳带我回公寓。

进到这保密措施的铜墙铁壁里边，我就可以去看看那户被偷的人家。

明亦阳带我到了楼里，等电梯的时候见我东张西望，不禁蹙眉："你在看什么呢？"

我挤笑压低声音："你一定不知道今天有贼进到这小区里来偷东西了吧？闹得警车都来了。不过奇怪的是贼虽然进去了，但住户没有丢东西。"

明亦阳盯着我一脸八卦的样子，好整以暇地点头："嗯，我是不知道。不过你不住在这里，你是怎么知道的？"

"我……"我眨眼，原本只是想拉着他下水一起八卦一下，倒忘了这点逻辑破绽。"那什么……"

他忽然站直身子看向打开的电梯，大长腿迈步入内："还能是什么，你就是一个可怕的'私生饭'。"

"……"

我默默地跟着他进电梯，对于他这样偏激的评价不置可

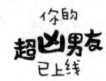

否。

米洛给明亦阳安排的公寓是通过精心挑选的，家内装潢大气简约，黑白灰的工业风拿来拍偶像剧随便一站就是一景。

开放式的厨房，黑色的长方形琉璃台上放满了和咖啡有关的东西。

明亦阳问我要不要喝点，我看着他拿咖啡粉放进咖啡机，缓缓说道："一颗半方糖，加三分之一的奶。"

侧对着我的明亦阳身形僵了一下，扭头看我："你……"

我走过去，握过他的手腕，从身后环过他，把他手里的咖啡粉慢慢挪到一旁的烤箱里："稍微加热一点，可以让泡出来的咖啡更香醇。"

我从身后贴着明亦阳，能明显感觉到他整个人陷在我这句话里石化了。

因为这个小秘密，是他告诉我的。

……

"咦，外边怎么下雨了，好讨厌……"元宵节那天我本来想出去赏月的，结果等我换下睡衣，梳好头发整装待发的时候，外边就扫兴地换了天气。

我半跪在沙发上看着外边，本来很嗨的心情一下子Down到了极点。

明亦阳一本正经地附和我的牢骚，末了拉我进厨房。

我穿得很隆重，明亦阳穿得很家居，他一边打鸡蛋一边说："这个天气是看不到月亮的，不过，你放心，我给你做个月亮出来。"

我吐槽他这牛皮吹得真大，也不怕吹破了。

明亦阳睨我，把手里的碗递给我："你来。"

我白了他一眼，伸手去接，他忽地狡黠一笑，拉我入怀。

做月亮饼干，每一个步骤他都在身后环着我手把手地教导，他教得专心，我却听得分心。

他挤对我念书的时候肯定不是个好学生，我啐他，也没有老师这样教学生的好嘛！

做完月亮饼干，明亦阳不以为然地继续用后抱式教法，教我泡咖啡。

当他把咖啡粉放到一个碗里打开烤箱时，我好奇地问："这是做什么？"

"稍微加热一点，可以让泡出来的咖啡更香醇。记得哦，这可是我独门创造的小秘方。"说起这个，他故意压低声音冲我傲娇地勾唇，一脸得意。

……

记忆可以抹灭，但有些感觉是抹灭不了的。

空气里洋溢出微妙的契合，我知道，明亦阳很好奇我为什么会知道他的独门秘方。

他也一定渐渐明白，我不是普通的私生饭，和他也不是普通的绯闻关系。

我不急，我愿意静静等待，等着他重新注意到我，对我充满好奇的过程中重新喜欢上我，重新爱上我。

这时，咖啡粉好了，烤箱"叮咚"打开了门。

明亦阳回神，这才不自然地和我拉开了一些距离。

他伸手去拿咖啡粉，说时迟那时快，我的手先去碰了碗，及时挡开他的手："小心！"

"啊……"我被烫到了。

明亦阳一激灵，赶紧握住我的手，急急道："没事吧？"

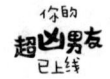

我望着他没说话。

明亦阳皱眉："哎呀，手指都红了。"

他抬头迎上我的目光，愣了一下，闷声："干吗，烫傻了？"

我嘿嘿笑："你关心我。"

"少废话，过来！"明亦阳拉我到水龙头下冲水，"谁让你帮我挡的！真是多管闲事！"

我一点也不介意他慌乱下拿我出气，淡淡道："那谁让你刚才不戴手套就直接进烤箱拿碗的，你分心了。"

"……"明亦阳抓过我湿漉漉的手去沙发上坐下，有拿医药箱过来给我包扎。

他虽然一脸抗拒我的模样，可给我包扎的时候动作温柔仔细，我忍不住说道："明天，没关系，我们慢慢来，总有一天我相信你会想起我的。"

明亦阳抬眸望我，又重新垂眸："晚饭你要吃什么，随你点外卖。"

我俏皮地凑近他："别叫外卖了，我还是最喜欢你做的番茄意大利面。"

明亦阳的脸颊明显闪过两片绯红，他闷声说好。

于是我借故起身："那什么……我刚才看到冰箱里没有洋葱了，我去楼下买点上来吧。"说着我就拿上手机往玄关处跑去。

"你知道楼下哪里有开超市吗？"

"我知道。你忘了我是你的私生饭吗？"

……

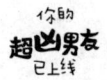

我应承着出去，迅速进电梯，想到隔壁栋查看一番。

下到五楼的时候，进来一个抱着泰迪狗的贵妇，我扫她那鲜艳的红唇以及上挑的眼角，便觉得找到了门路。

于是，我主动跟她的狗打招呼："嘿，你很可爱，和明天家的Bob一样可爱呢。"

见我提到明天，贵妇的头扭过来打量我，疑惑道："明天没有养狗啊。"

我眨眼，故作惊讶："怎么会，我今天搬进来的时候看到的呢。"

贵妇的脸色和善不少："你是今天刚搬进来的？"

我顺着话茬点头如捣蒜："是啊是啊，这里都是像您这样漂亮又高贵的人住的地方，我能住进来跟您做邻居很开心呢。"

贵妇被我的马屁拍得十分舒爽，笑着掩嘴，直夸我的嘴真甜。

我看桥搭好得差不多了，立刻皱眉切入话题："不过我听说昨天有家人进贼了，搞得警察都来了。这里不是说24小时保安巡逻的吗……"

贵妇的八卦因子立刻也沸腾了，凑近我说道："其实这种事很少会发生的，昨天我去看了，因为没有被偷什么所以警察来了也很快就走了。是隔壁C栋二楼的一户人家，和你一样，刚搬进来的新住户。"

从贵妇嘴里，我知道了几楼几号。

我来到C栋，二楼205室。

我按下门铃后，飞快地跑到拐角处藏起来——

不一会儿就有人来开门了。

我屏息定睛，是一个戴着金丝边框眼镜的男人，五官清

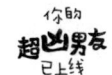

219

秀，偏向病态美的那种，身形瘦长，皮肤偏白，一身黑色长款大衣，袖口卷起的地方露出一处刺青。

他环顾门口的目光却瘆人。

待他把门关上，我缓缓地从暗处出来，终于明白莫初脸上不轻松的表情是因为什么了。

这个男人就是新派来顶替月萧的。

他曾经在葛冉的画作里出现过，但因为只出现过一次，葛冉没有给他更多的戏份，随后就被人遗忘了。

他是月阳，月萧同父异母的哥哥。

或许葛冉自己都没想到，她曾经创作的人物，现在会成为她的仇人吧。

月阳来接替月萧这件事不知道葛冉知不知情，如果葛冉知道的话，她应该会不遗余力地拿树灵能源把漫画世界里的暗黑势力封印回去，可是与此同时，月阳也会拼命地想要找到葛冉。

这会是一场激烈无比的博弈。

我出神间，肩膀上忽然被人拍了一下。

"你在这里做什么？"

我吓了一跳，回头，竟是明亦阳。

"这里有洋葱卖吗？"明亦阳用审问的眼光望着我。

"我……"

这时，月阳突然开了门。

我就这样和月阳四目相对。

而月阳的目光，显然扫过我，落在了明亦阳的身上。

我一个激灵，拉着明亦阳就想赶紧走。

"我们终于又见面了。"月阳的声音像从地下冰宫里打捞

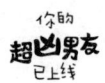

出来一般，拖住了我和明亦阳的脚步。

我死死地拽着明亦阳的胳膊，不想转过头去面对月阳。

明亦阳忘记了我，也忘记了和我有关的一切，更忘记了他是从漫画世界来的这一点。

明亦阳不知道我在害怕什么，狐疑地扫了我一眼，转头看向月阳。

月阳在漫画里出现不超过十格的存在感，明亦阳对他的印象就像普通人对陌生人几面之缘的感觉。

明亦阳问："你是谁？"

月阳眸眸间闪过一道犀利的亮光，盯着明亦阳正要开口，我抢在他前头脱口而出："他，我前男友。"

空气一下子静了。

他们两个都没有察觉到，因为我脱口而出的这几个字，有效地让死亡的悬浮气息如乌云走过，飘走散去。

其实我也不知道我为什么会这么说。

两个男人不约而同盯着我不说话时，我整个人是尴尬的。

但头是我起的，跪着也要走完这一场。我硬着头皮冲月阳说："月阳，我们已经结束了。就算你搬到这里来也没有用，我已经喜欢上别人了！"

月阳面无表情地盯着我，一言不发。我不知道他会出什么后招，心怦怦怦要跳出嗓子眼了。

我拽过明亦阳的手，宣誓完后就要离开。

月阳伸手拉住了我。

我心下一沉。

就在这时，第三只手出现了——

明亦阳握住了他的手腕。

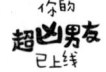

两人四目相对。

明亦阳皱眉："她都说了，你们之间结束了。"

我怔怔眨眼，明亦阳瞬间气场两米八，在月阳面前毫不示弱的样子简直帅到爆炸。

月阳那张惨白的脸忽然浮现似笑非笑的神情，他什么也没说地松了手。

明亦阳牵着我霸气转身："我们走。"

我不敢回头，机械地跟上明亦阳的脚步。

我知道，月阳的目光一直盯着我。

进了电梯后，明亦阳还紧握着我的手，只是我能感觉到他似乎用了要把我握断的力气。

他不说话，我也不敢说话。

一直到走出C栋，回到B栋。

明亦阳倏地放开我的手，阴阳怪气："原来你要跟我近距离接触是假，来这里和你前男友偶遇才是真。"

糟糕，他误会了。

我跳到他面前，竖起手指做发誓状："不是这样的！我发誓，是跟你进来后我才知道他也住在这里的。"

明亦阳眯眸，倏地弯身审视我："那你买洋葱怎么会跑去到C栋？"

"那是因为我下电梯的时候碰到了八卦的邻居，听她形容了案发现场，我好奇就跑去看看，完全是巧合啊。"我答得飞快。

"可我怎么看你，分明是对你前男友藕断丝连难以忘怀的样子！还有你那个前男友，为什么会搬来这里？是要和你重修旧好还是知道了我们绯闻关系要向我宣战？"明亦阳的语气越

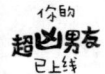

发咄咄逼人，一字一句像机关枪一样朝我发射。

我愣了三秒，忽然发现重点："咦，我说……你现在这个样子是，吃醋了吗？"

"……"明亦阳猛地站直身体，侧过脸去，"我只是觉得你这个人真是口是心非。"

"我……"

"我最讨厌别人撒谎，也最讨厌被人利用。"说着他径直迈入打开的电梯。

眼看电梯门要缓缓关上，我啪地上前按住两边合上的门，很认真地望向他："我喜欢你，不带任何一点谎言。我利用你，不带任何一点伤害。更何况……"

我咧嘴补充："刚才好像是你主动被我利用的呀。"

我拽过他的手跨步入内，学着他的口吻把他刚才的霸气台词再演绎了一遍。

"……"明亦阳又被我撩得满脸通红，他生硬地甩开我的手，"我只是绅士性格使然，才不是故意要帮你！"

我算是体会到那些单恋明亦阳的女生那种茫然的心情了，这家伙对自己不待见的人还真是硬心肠。想到他之前要赖皮地贴着我时，我还身在福中不知福……

我死皮赖脸地一把抱住他："不管你是什么使然，刚才你的样子真是太帅了，我被你杀到了。我不管，你要负责。"

"你放开我！"

"不放。"

"你放开我！"

"不放！"

我就这样像狗皮膏药地贴着明亦阳进了门。

洋葱没买着，明亦阳嘟囔番茄意大利面不正宗，可我吃得比任何时候都要开心，用大拇指给他无数个赞。

我这么捧场，明亦阳硬绷着的脸到底还是被焐热了很多。

不过尽管如此，他还是旁敲侧击我和月阳的情感过往，还在意一些细节性的问题，比如我和月阳交往了多长时间，什么时候和月阳分手的，为什么分手之类的。

我要么就是含糊应对，要么就是微笑带过。

谎言这种东西还是不要给予太多信息比较好，毕竟说多错多。我擅长的领域是画笔，而不是嘴皮子。

于是，最后他什么都没问到，郁闷地差使我去洗碗，我也欣然接受。

我在厨房里，洗着洗着，突然停电了。

我摸索着拿到抹布擦干手，想要出去叫明亦阳。刚转身，就感觉到一个人的逼近。

伸手不见五指的黑暗，可以让一个人特别敏感，这个人不是明亦阳。

我皱眉："谁？"

"我，你前男友。"他清冷的声音略带讥讽的戏谑。

紧接着，我听到了明亦阳在外边喊我的声音："姜咪？姜咪！姜咪你在哪儿？"

我压低声音："你不要伤害他。我跟你走。"

月阳冷冷一笑："你不必给我下套，我也不是来带你走的。我就问你，葛冉在哪里。"

他话音未落，我感觉到腰间有冰冷的硬物抵着，应该是匕首。

"如果我知道葛冉的下落，我早就去找她了，还用得着在

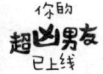

224

这里束手无策吗？"我咬唇急急道。

"别以为我不知道，莫初跟你的关系，他收了葛冉的钱掩盖掉葛冉的行踪！"

这时我听到明亦阳到了厨房这里，我刚要开口，被月阳捂住了嘴！

他熟门熟路地拖着我从另一边绕去了房间。

明亦阳见我迟迟没有回应，呼唤我的声音越发变得焦虑。

月阳把门反锁。

我无奈地说道："既然你知道我和莫初的关系，你也应该知道我和他已经分道扬镳，他的事情我不再过问。而葛冉的下落，我自己也在全力调查，只是现在毫无进展……"

月阳勒紧了我的脖子。

我皱了下眉头，本能地抓住他的手臂，瞪大眼睛道："葛冉是当着我的面把月萧撞死的。"

这句话让月阳静了下来，我艰难地扭过头去："我虽然和你不是同一边的，但我也想找到葛冉，她拿走了树灵能源，她才是幕后的操控者！"

因为月萧的死，月阳现在是一刻都不想等的状态。

一个人急了，就什么都干得出来。

月阳的呼吸在我的耳边越发低沉，他停顿了片刻，把搁在我腰间的匕首挪开了："既然如此……"

我正屏息去听他接下来的话，紧接着一道寒光由上而下地倾斜，没等我反应过来，我就感觉到自己的大腿被用力一戳！

"那你就出一份力吧。"月阳放开我。

我像一摊烂泥一样随着大腿处传来的剧烈疼痛瘫在了地上，痛苦地叫出声来。

明亦阳拼命敲门。

待他破门而入的时候，我感觉到四周重新恢复了亮光，月阳不见了。

我痛得一个字都说不出来，只能按住大腿匕首的位置，看着血汩汩而出，脑子里一片空白。

明亦阳抱起我二话不说地送我去医院，我死死地拽住他摇头道："叫，叫米洛来。"

戳到大动脉，流血的速度飞快。

明亦阳望着一地的血，着急吼我："都什么时候了，还在乎会不会被记者拍到！我都不在乎你瞎磨叽什么？！"

"我在乎。"我咬着牙，额头冒汗地坚持，"你的事，我都在乎。"

明亦阳死死地瞪着我："既然在乎我，就听我的！"

说着，他出去没一会儿又重新回来，这次头上多了一个头盔，一把将我抱起。

他用绳子把我绑在他身后，开着摩托飞快地驰在夜色里，用最快的速度载我去医院。

我因为失血过多，昏了过去。

待我醒来后，大腿上已经缠上厚厚的纱布，输上液了。

明亦阳坐在床边看着我，如释重负地叹了口气："你总算醒了。"

我笑笑："怎么，担心我了？"

明亦阳皱眉，扭头看我的腿："医生发现你之前也受了一刀，是怎么回事？"

我笑笑："你的大腿上也有刀疤。"

明亦阳一愣："你怎么知道的？"

我和他四目相对："因为我受伤的时候你也在，你为了救我把这伤口转移到你身上了。"

　　明亦阳伸手试我的额头："没发烧呀，你怎么净说胡话？"

　　我软软地发笑。没办法，我说的就算是事实，也只是我一个人知道的事实，在他听来一定是没有逻辑的胡话了。

　　我推开他的手："总之，我和你过去是连体婴儿，我去哪儿你去哪儿。我的记忆里都是你，你的记忆里……"

　　我顿顿，苦涩勾唇："暂时没了我。"

　　明亦阳沉默了一会儿，问我："是谁袭击的你？"

　　这回轮到我沉默了，我知道我躲不开这个问题。

　　我重新黏到他的身边，且不说我的私心，我最主要还是想保证他的安全。

　　我想让他记回我，却不想让他记起除了我之外的一切。

　　月阳给我的这一刀，不带一丝情感。

　　我想到他最后对我说的话。

　　"你说话呀！"明亦阳有些恼火我的静默不语，"是不是你那个前男友？"

　　"我……"我怔了怔，这时米洛推门进来。

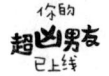

第十一章
明先生，可不可以不添乱

Boy friend

米洛绷着脸，脸上挂着万语千言，他示意明亦阳先离开："我会在这里，别担心。"

明亦阳犹豫了会儿，掏出他自己的手机塞到我手里："有什么事打给我。"

带着极别扭的神情，他这才慢吞吞地转身离开。

米洛关上门，指着我低喝："嘿，你笑什么笑！"

我在笑吗？我自己都不知道。

"真的有危险！真的有人要袭击明天？还是要被袭击的人根本就是你，你差点连累到了明天！"米洛后怕地来回踱步，"我需不需要报警？姜咪你到底隐瞒了什么？"

我缓缓垂眸，把明亦阳的手机拿过来，翻到备忘录："正好，接下来的几天明天要去国外取景，你带明天出国，我会处理好危险。"

米洛皱眉望我，依然一脸不信："真的？"

我笑："你忘了？我说过我最重视的就是明天的安全。"

米洛并不关心内幕，如果今天我的受伤是替明亦阳挡的灾，他少不了对我的感激。

"那我是不是该给明天换个住处？"米洛问我。

我摇头："什么都不用做，以不变应万变。你就当什么都没发生过一样继续该做的就好。"

米洛点点头，随后又叹了口气："如果真的是什么都没发生过就好了。才一个晚上的工夫，我发现明天对你的态度有明显转变。"

我不置可否地笑笑，随后道："米洛，我要出院。"

"什么？我刚想给你找个护工呢。"

"不用了，我要出院。"

月阳给我的一刀，是想让葛冉看到。

当葛冉看到月阳已经找到我，而我极有可能和月阳统一战线的时候，她就会慌。

只要葛冉做出动作，就能找到她的下落。

我明白葛冉的行为逻辑，可与此同时我也不能忽视月阳这一步催化剂所带来的副作用：

葛冉本来只是想手握树灵能源，对于现实世界和漫画世界她保持着中立的态度，当她发现局势超出她的掌控，她势必要做出选择。

树灵能源一旦启动，其他人就很被动。

首先，我不知道树灵能源该如何启动，如果启动了，明亦阳和我的结局会变得如何……

曾经我那么希望快些集合所有的刺青图，开启树灵能源，可现在我唯一想要倾力做到的，就是保护明亦阳不受到任何伤

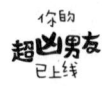

害。

我打开电脑，重新开始连载。

我把月阳刺我的一刀上传，随后看到彩蛋四格：

玄凤和子星居然一动不动地躺在水晶棺材里，他们安静地进入沉睡状态，棺材周遭都被泥土覆盖。

而他们所在的地方，没有标注，不知道是哪里。

能控制住他们的，除了葛冉，我想不到别人。

难道说葛冉已经启动了树灵能源？

我倒吸了一口凉气，才发现自己对树灵能源知之甚少。

我放大屏幕，看着玄凤和子星所在的地方，拿起笔和纸开始回忆之前的刺青图，把一幅幅都画下来，然后再把六张刺青图拼合在一起。

是一张老虎的脸。

这张老虎的脸貌似没有什么不寻常……如果这就是刺青图上的所有内容，那当时赵远山的那些照片就可以替代第三张刺青图，为什么葛冉还是要收集到原版的刺青图呢？

并且为了那些刺青图……杀了那么多人。

刺青图里一定有我没有看出的东西。

我定定地看着手里的图纸，只觉得这张老虎的脸似曾相识。

我闭上眼睛开始搜寻这老虎的脸……

树灵能源的最初概念，是葛冉一手创立的，所以这六张刺青图的雏形是她画的。

我认识葛冉的时候，她病重卧床，我曾经去过她家拿过一些她的手稿……

对！老虎！

老虎是她放在书橱里一本书的封面。

我只是惊鸿一瞥，那老虎硕大的脸出现在封面上足够引人注目，所以我才会有印象。

可我忘了有老虎封面的那本书是关于什么内容的。

这刺青图既然按照老虎的脸来做基础图形，那一定和那本书有关！

我重新睁开眼睛，兴奋了几秒，随后又陷入了忐忑中。

且不说葛冉以防万一有没有销毁那本书，即便我现在去了时间上也是来不及的。

想到这里，我咬咬牙，再次打开电脑，开始把老虎的事情上传到漫画上去，我清楚地写明：我已经知道树灵能源的所在。

没错，我就是要诈一诈葛冉。

按下确定键之后，我听到窗户被人打开的声音。

当我放下手里的笔，起身准备去看看时，铩羽已经出现在了门口，他深陷的眼直勾勾地盯着我，像灰烬最后熄灭了光芒。

铩羽主动来找我，这意味着他知道了玄凤和子星的下场。

我张了张嘴，刚想说话，铩羽突然跪地："我求求你，救救他们。"

我被铩羽的动作吓了一跳，我想扶起他但又不敢碰他。

我后退一步道："葛冉开启了树灵能源，我现在也不知道具体该怎么做。"

铩羽猛地抬起头，那眼神复杂得无法形容。

我赶紧又说道："我，刚刚上传了六张刺青图，我说，我知道树灵能源的下落了。"

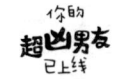

铩羽起身望我，充满杀气的脸此时竟带着些许期待。

我有些不敢对应他这样的眼神："我，现在只能诈一诈葛冉了，希望有效果吧。"

铩羽说："那我就在这里等。"

我扯了扯嘴角，刚要张口，铩羽看向我："放心，我是保护你的，不是来伤害你的。"

我抿唇道："如果我不帮你，你是不是就会杀了我？"

"不会。"

"什么？"我以为自己听错了，铩羽居然说不会。

"你不会不帮我。"

"为什么？"我好奇皱眉，对他说这句话十分意外。

"一旦树灵能源全面启动，不只是我们，明亦阳也会被封印回漫画世界。你为了他，也会帮我。"

我眯眸，杀人如麻只懂执行命令的铩羽竟然也会用脑子。

"月萧小姐说的。"末了，他补充道。

见他提到了月萧，我说："那你也可以去找月阳，他已经来了，你不知道吗？为了找到葛冉，我还挨了他一刀。"

铩羽说："对付现实世界中的人，还是需要现实的力量。这也是月萧小姐说的。"

我收回目光，望向天边的暗黑苍穹，仿佛又看到了月萧被葛冉的车高高撞飞的画面。

她对铩羽说了这么多，好像那天晚上来白军的酒庄就知道自己会死一样。

我走到窗边，摸着冰冷如水的月色落在窗台的温度，轻声开口："铩羽，如果我帮了你，你可否答应不再作恶？"

铩羽的沉默让我回头："否则你现在就杀了我。"

我告诉他，我一定会帮他的理由他只说对了一半，我舍不得明亦阳，但我也不会忘记当初奋不顾身查案的初衷：让现实世界不受漫画世界暗黑势力的侵袭。

　　如果一定要在两者之间选择，我会毫不犹豫地选择后者。

　　不是因为我不够爱明亦阳，是我不能以爱他之名让他成为一个坏人。

　　"好，我答应你。"

　　半晌，铻羽盯着我，给了我想要的回复。

　　我如释重负地点头。

　　就这样，我和当初好几次要杀我和明亦阳的铻羽，共处一室。

　　他机械性地守在我身边，我无端端地感觉到空气的密度都变小了。

　　很神奇的是，我相信他。

　　这房子自从被入侵之后我总感觉不安全，总会在客厅里睡，手里还会拿着一根棍子，呈浅眠状态。

　　他守着后，我终于能回房间睡了。

　　只是第二天，我被明亦阳的电话给吵醒……

　　"你在哪里？"

　　"在医院啊。"我闭着眼睛虽还迷迷糊糊，基本逻辑思维还在。

　　"你学会撒谎了。"

　　明亦阳的语气依旧不冷不热，不过这句话让我立刻清醒了过来："明天你……"

　　这时门倏地被铻羽推开："是有葛冉的消息了吗？"

　　"……"

我握着手机，听到电话那头的明亦阳哼了一声，随后粗暴地挂掉电话。

空气安静得让我压抑。

手机从我手里缓缓滑落，我捂着脸，整个人都不好了。

铩羽这个白痴根本不知道发生了什么，见我不答他，很失望地皱眉："不是葛冉有消息了吗？"

我深呼吸一口气，跳下床，把铩羽推出房间去："下次进来记得敲门！"

我啪地把门反锁上，扑到床上抓起手机飞快地打给米洛："米洛，我……"

"Hey, let me alone ok？！我正在等明天的电话，飞机马上就要检票了，你别在这个时候捣乱！"米洛像来了大姨妈一样，脾气很暴地挂掉我电话。

我一早上，一连两次被人挂掉电话，蒙到不行。

"所以……明亦阳是去了医院，所以……米洛现在还在机场等明亦阳……"

我渐渐抓到了重点："明亦阳去医院看我了？"

我抱手机在怀，高兴地在空气里踹脚，他不放心我所以才跑去了医院。

天哪，我让明亦阳担心了。

我顶着一头乱发眉飞色舞地暗喜一会儿后，缓缓坐起身。

铩羽那一声插入，直接能让明亦阳误会成好几个版本：

我和月阳在一起。

我连夜从医院出来回家和别的男人住在一起。

重点是，还想装清纯地骗他！

"……"所谓的大喜大悲，指的就是我吧。

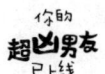

唉，算了，等明亦阳回来后我再好好解释吧。

我生无所恋地从房间里出去，瞪着铩羽："我带你去见月阳。"

铩羽皱眉看我，一脸抗拒。

我叹了口气："月阳给我的这一刀是他单方面展示给葛冉看他来逼迫我了，我得主动过去找他一次，从我这方面展示给葛冉看，我已经和月阳达成共识了。你可明白？"

铩羽还是皱眉看我。

我摆摆手："你不需要知道得太清楚。快点背我去，我腿脚不方便。"

铩羽终于过来背我。

到了月阳家，月阳正在浏览我最新上传的漫画章节，他扶眼镜框，表示很满意我的部署，并且很自信葛冉一定会有所行动。我看向他："我想，葛冉一定是启动了树灵能源，所以才能控制住玄凤和子星。可树灵能源到底是什么？不是说一旦开启，就能把你们封印回去的吗？为什么铩羽会没事？你也没事？"

月阳扫了我一眼："你不是2号创作者吗？居然问我。"

"……"我清了清嗓子，"你在那个世界待得比较久，问你不是很合理的吗？树灵能源可是葛冉发明的。"

月阳眯眸，停顿片刻说道："万物而生，众生于大地成正觉。这树灵能源来自树下地底，蕴多年灵气而得，有着让尘归尘，土归土的凛然灵力。谁能掌控这树灵能源，便能掌控一切。"

他侃侃而谈的样子，像个学者，如果我不是知道他来自漫画世界，大抵不会别扭他此时的人设。

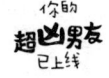

"开启树灵能源，需要找到树灵能源所在，然后念动三道咒语才能完全开启。"月阳说了这么多，就这一句对我是有特别重大的信息。

"三道咒语？"我急急地问道，"你知道是什么咒语吗？"

月阳又冷冷地扫了我一眼："知道，葛冉绑了玄凤和子星，就是念了第一道咒语。"

"……"想到玄凤和子星那样的状态，我暗暗感慨这树灵能源果然厉害，念了第一道咒语，就能达到这个效果。

"一旦葛冉念了第二道咒语，我们所有人都会陷入冻结状态。当念上第三道咒语，我们就会被遣送到念咒语的人想要遣送我们去的任何地方。"月阳不缓不慢地告诉我这段话，填补了我关于这段信息的空白。

我怔了怔："遣送你们去任何地方？不是遣送你们回原来的世界吗？"

我一直都是这么认为的！

月阳勾唇："如果只是这样，你以为我们为什么要拼命争夺这树灵能源？"

"……"

月阳告诉我，所谓任何的地方，可以是人间炼狱，也可以是暗无天日的地宫之中，全凭那个人心中所想。

我愣了好久："所以……如果找到了树灵能源，赶在葛冉念出剩下两道咒语之前，我们就能变被动为主动。"

月阳点头。

我再一次陷入了倒计时的恐慌中。

我好害怕来不及跟明亦阳解释清楚误会，就被葛冉得逞

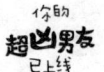

了！

就在时间仿佛在陷入最初的滞留开始加速时，我的手机响了。

是阿木打来的电话，他带来了一个振奋人心的好消息："我们刚刚在监控录像里发现了葛冉，姜小姐，我想你的计策成功了。"

我激动得差点没从沙发上跳起来："好，我马上就出发！"

葛冉弃车，玩人间消失，阿木那边即便带着很多高科技人才，但要想找一个人也是困难重重。

现在她重新出现，说明她真的担心我和月阳联手破坏她的计划。

我抓过月阳的车钥匙，跳起来一瘸一拐地去玄关开门。

门一打开，我差点没把钥匙塞进嘴里吞下去了！

"明，明天。"

我瞪大眼睛，以为自己看到的是幻觉！

我狠狠地掐了自己的脸，只见明亦阳拖着行李箱一脸阴冷地瞪着我，接着瞪我身后出现的月阳，还有铩羽。

明亦阳怒极反笑："哼，两个？"

"……"

"姜咪，没想到你还挺玩得开。"明亦阳一脸讥讽，鄙夷的眼神让我惴惴，"我好心好意去医院看你，原来你早就不需要我担心，是我白痴了。"

我上前抓过他的手："明天，你听我说……"

"姜咪，别再说你喜欢我了。你的喜欢让我恶心！"他的眼神定定地看向月阳和铩羽。

我知道，他是彻彻底底地误会了。

月阳拉过我的手："快走，时间来不及了。"

我只好越过明亦阳。

"什么来不及了？"明亦阳压抑着怒火，拽过我的手腕，目光犀利地一字一句，"我没去机场赶飞机跑来这里，我才是来不及了知道吗！"

月阳从我手里拿过钥匙丢给铩羽："你先去开车。"

月阳挡在我前边，满脸不耐烦："你到底想怎么样？"

明亦阳倏地伸手抓过月阳的衣领："昨晚刺伤姜咪的人就是你对不对！我闻得出你身上的味道！"

月阳皱眉，也没想否认："是我又怎么样？"

"你！"

眼看两个人一触即发，我赶紧推开明亦阳："够了！"

明亦阳不敢置信地瞪大眼睛看我："姜咪，你帮他？"

……真是越来越乱了，这个关键的当口，偏偏……

我心下一横，索性转身走掉："月阳，我们快走。"

明亦阳一声声的怒吼在我身后越来越远。

我和月阳进电梯，直接下到地下车库，坐上车，根据阿木提供的定位图，一路出了市区。

葛冉最后把车停到郊外的动物园。

以前动物园有很多人来，是个游玩的好地方，但是现在，如果不是小孩子放假的时间，便少有人光顾了。

进入冬季后，动物园里的动物会全部搬空，员工也没有在这里上班，几乎荒废。

我们下车后，真的看到了葛冉的车子。

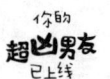

我能感觉自己的心跳紊乱，完全没踩在脚步的节拍上。

铩羽走在最前边，月阳则紧跟其后，走出去一段路后意识到我没跟上，扭头看我："你如果害怕，就在车里等着。"

我赶紧追上前，并越过他们："我有什么好害怕的。若没有我，你们拿什么和葛冉斡旋？"

进入动物园，萧条的树木只剩下树干，空荡荡的铁笼里早已没有动物的身影。

我沿着石子路，一步步往里，回想老虎脸部中的箭头指向，思忖这老虎指的是老虎馆还是单纯地指动物园。

就在我转头想让铩羽兵分两路去探查一下老虎馆的地形时，突然月阳和铩羽两人痛苦地低吟了一声，身形猛地一僵。

我瞪大眼睛，眼睁睁地看着两个人像从上而下地被冻结住一般，一动不动了。

该死！

葛冉念了第二道咒语！

我瞪大眼睛，像立在鬼片中一般，毛骨悚然，脑子里闪过这样一个念头：为什么时间这么恰好？偏偏在这个时候念了第二道咒语？

我望着瞬间进入冻结状态的月阳和铩羽，心无限炎凉——这是一个圈套。

我以为捕捉到了葛冉，实则是葛冉在守株待兔着我。

她就在哪个角落等着我们进入，然后将他们……

"葛冉，你给我出来！你出来！"我捏紧拳头，忍无可忍地大叫。

是我害了月阳和铩羽！

是我不好！

"你出来呀——"

"出来就出来，你叫什么叫。"我愣愣扭头，大惊失色，"你，你怎么会在这儿？"

明亦阳皱眉："废话！当然是跟着你来的！"

"你这样的着急忙慌，口口声声的来不及，就是来这个鬼地方？"

"姜咪，我是因为你才赶不上飞机的，你得负责！"

"我告诉你……"

我三步并作两步地跑到他面前，伸手用尽全力地推他："你走！你走！你走啊！"

明亦阳吓了一跳："姜咪，你发什么疯！"

我急得瞬间哭了出来："明亦阳，我求你，赶紧走好不好？"

明亦阳被我的眼泪再次吓到，怔怔出神："我叫明天。再说了，刚才不是你让我出来的吗？"

我几乎要把嘴唇都给咬破了，着急地直跺脚。

这时明亦阳看到了僵在原地的月阳和铩羽，他脸色沉下来，皱眉问我："到底发生什么事了？！"

我死死地拽着明亦阳："你别问了！我现在没时间跟你解释！你快点走！我做的一切都是为了保护你！"

"恐怕他也没时间走了。"一个阴冷的声音在身后不远处响起，我的后背整个都凉了。

我张开双臂挡在明亦阳身前，瞪着出现的葛冉。

她用围巾裹着头，一双阴森的眼睛直勾勾地盯着我，像地狱来的使者，朝我走来。

明亦阳完全状况外地看着葛冉："你又是谁？"

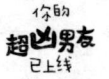

"我是创作你的人呀。"葛冉微微勾唇，指着我道，"说起来，我和你的关系才是最亲密的，不是她。"

我听到明亦阳在我身后嘀咕："她到底在说什么啊……"

葛冉满意地看了一眼冻结状态的铼羽和月阳，扭头皱眉："明亦阳，为什么你不受冻结状态内？"

我猛地僵住，只见葛冉双手合十，要再次念咒语。

我惊恐地大叫："不要——"

当我直勾勾地盯着葛冉的嘴巴不再闭合时，我绝望地不敢回头。

突然，我的肩再次被熟悉的力道拍了一下："喂，有没有人能告诉我，到底什么情况呢？"

我缓缓转头，明亦阳眨着大眼睛瞪着我，一脸诧异的不耐烦也十分灵动……

"明亦阳是谁？为什么她和你都这么叫我？"明亦阳挠额头。

我深吸一口气，像是见证了一个奇迹一般，眼含热泪地看向明亦阳，跳起来一把钩住了他的脖子。

"太好了！太好了！"

"喂，姜咪，你放开我！"

"我不放！你没事，真是太好了……"

"姜咪！别以为你用这招我就会放过你！"

……

他不会知道当下的我有多庆幸葛冉的第二道咒语对他没有作用！

他不会知道当下的我有多激动！

明亦阳大力把像口香糖一样的我推开："她跑了！"

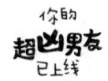

241

我这才反应过来，扭头间再次望去，果然，葛冉不见了。

方才的喜悦一下子被冲刷得无影无踪，我拽过明亦阳往前跑去。

我不能失去葛冉的踪迹！

现在已经到了第三道咒语的关键时刻，绝对不能掉链子！

明亦阳再次询问我这到底是怎么回事："你前男友和那个人到底是怎么回事？现在是在拍纪录片吗？你们跑来动物园到底做什么？姜咪你倒是回答我呀！"

"我的前男友根本就不是前男友，他叫月阳，是月萧的哥哥；和他一起被冻结住的人叫铩羽，是月萧的头号手下，他曾经好几次想要杀我们。你本来的名字叫明亦阳，你是我笔下的男主角。你是漫画世界里的人。"

明亦阳蓦地站住，像听了一个匪夷所思的故事一样完全不知道该如何反应："你，你到底在说什么？"

"你跟我来，我会向你证明的。"我重新牵起他的手，加快速度。

很快，拐出一排密集的梧桐树，捕捉到了葛冉的衣角。

我大喝"站住"，和明亦阳追着来到了一棵巨大的老树下。

这是一棵约莫有几百年历史的紫藤树，未到花开时节，缠绕的藤蔓像粗密的发丝，盘根错节。

葛冉不跑了，站住转身看向我。

葛冉冷笑地望着我，怒极反笑："姜咪，你以为你现在还能阻止我吗？"

我皱眉道："葛冉，收手吧，不要一错再错！他们都是你一手创造出来的，你怎么忍心把他们亲手毁灭呢？！"

"是啊，他们都是我一手创造出来的，所以我才最有资格掌控他们！还有你！为什么你可以逃离我设置的二级咒语？！为什么？姜咪你对我的男主角做了什么？"

葛冉的情绪很激动，她已经没有理智可言。

我深呼吸了一口气，抿唇道："好，你说的都对。那么，你就把他们送回漫画世界里去，尘归尘，土归土，大家互不打扰。你觉得这样怎么样？"

"尘归尘，土归土？"葛冉微微蹙眉，睨我，"看来月阳和你说了不少。"

我咬唇，紧张地看着葛冉。

葛冉的目光慢慢放远，似在眺望远方，语气变得越发迷离："姜咪，你的创作能力让我欣慰和惊喜，自从你接手了我的漫画，人气和点击率都很高。这说明你是一个有天赋的漫画家，你应当知道情节要出人意料才精彩。尘归尘，土归土？各自回到各自的世界不是太没趣了吗？"

我的心无限下沉，月阳的话一语成谶。

我皱眉望向她："所以你是想……"

"你说，如果把他们放到监狱里好好历练一番，本来就有暗黑势力的基因，到时候他们被放出来，穿梭在人群中……"

"你这个疯婆子！"明亦阳从我身后蹿出来，怒不可遏地指着葛冉，"你简直唯恐天下不乱！"

我扯明亦阳的袖子，现在这个时候不能激怒葛冉呀！

葛冉狂笑出声，越发得意："到时候只有我一个人有能力掌控事态的发展，乱与不乱都得由我说了算！"

我静静地看着树下的这个人，她此时张狂狰狞的嘴脸已经近乎癫狂。

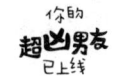

创作者最有成就感的地方就是自己虚拟出来的人物和世界得到大众的认可。

而对于葛冉而言，她创作的人物和世界失控地来到了现实世界，这简直是不可思议，足以刺激到她蠢蠢欲动的欲望。

我想她就是从那个时候开始疯狂了吧，假死，隐退，把续作的嘱托交给了我，然后自己藏匿在一个绝好的窥探视角外，窥探事情的动态。

现在和她谈论什么世界规则，权衡利弊已经毫无意义。

就在我不知道该如何阻止她要念最后的一道咒语时，突然，一个身影闪过。

待我看清发生了什么，明亦阳已经掐住了葛冉的脖子。

明亦阳扭头喝我："姜咪你快跑！"

我能跑去哪儿啊？！这个笨蛋！

我望着葛冉异常冷静的脸，目光似穿过我在渐渐发笑："你们是抓不到我的……"

我忽然意识到什么地扭头，看到一个黑点由远及近——

在我聚焦的瞳孔里，有一颗子弹就这么飞了过来……

是莫初。

莫初双手握枪，站在百米开外的地方。

时间被子弹劈撕开了一道岔，我望着葛冉的笑容，明亦阳的背。

我朝明亦阳跑过去："明亦阳——"

"啊……"

这最后的画面是老藤树下阳光照落出枝干的阴影，像麋鹿头上的角，撑起凝固的红色血液，定格在时光里。

我不愿意想起这一幕，就像我不愿承认这是我和明亦阳

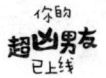

最后的结局。

三个月后。

我举办了人生中第一场图书签售会。

《此王凶萌》不断加印，编辑喜滋滋地告诉我今年我的年终奖一定不会少。

我从没在画画以外写了那么多字，而这些字都是我的名字。

来不及抬头看还有多少粉丝在排队，我只有低头不停地翻开新的扉页签下自己的名字。

"你好，我是姜咪，谢谢你支持我的作品。"

标准露八颗牙齿的微笑搭配这句话，一遍遍地重复，到后面成了我的本能。

"你好，我是明天。请在扉页写上'送给我的最佳男主角'这几个字，谢谢。"

我霍地抬头。

灯光下，一张熟悉而完美的轮廓若隐若现，是他吗？

我眯起眸，一点点想要看清那嘴角的笑容。

待我完全看清他的眉眼，他倏地俯身，吻上我的唇。

那一瞬间的靠近，让我再次模糊了他的脸，却清晰了他的温度。

"姜咪，我爱你。"

时光不止，我想我的故事还在继续。

end

番外一
不知何处雨，已知此间凉

那颗子弹擦过明亦阳的耳朵，射进了葛冉的头。

葛冉当场死亡。

莫初在最后时刻，选择了纠正错误，这出乎了我的意料。

葛冉没能说出第三道的咒语，树灵能源随着她的死全然消失。

解冻恢复的月阳和铩羽赶过来，看到倒地身亡的葛冉，心里都卸下了沉重的负担。

葛冉本来就是已死之人，所以莫初的这一枪，也只是打在一个死人的身上。

不过莫初还是选择了自首，他说这一切既然已经结束，就要以一种正义的方式结束，不带一点瑕疵。

我同意了他的想法。

葛冉的尸体和莫初一起被带走后，我紧紧地抱住了明亦阳。

刚才那一枪，我以为是对准的明亦阳，天知道我有多害怕，怕他就这样离我而去！

我后怕地抱住他，恨不得把他抱进我的血液里，再也不分开！

"你别推开我，求你。"我紧紧地贴着明亦阳的胸膛，听到那结实有力的心跳声，窒息的感觉这才慢慢平复。

明亦阳这次很乖地没有推开我，虽然脸上依然是不情愿的样子，但手轻轻地拍我的背，闷声道："放心，我没那么容易死。"

我捶他。

劫后余生还有心思说大话，真是冤家！

"喂，刚才让你跑你干吗不跑啊？"明亦阳问我。

我红着眼眶仰头，学他的语气："你说呢？"

"担心我？"他想了想问。

我再次捶他。

这回明亦阳把我的手腕抓住，略得意地睨向一旁："喂，你们都听到了？还不过来认清楚现实，以后不要总缠着她！"

我扭头，月阳和铼羽从灌木树丛后面出来。

我刚想迎过去，某人就更加用力地抓着我的手腕。

我看向月阳，紧张地问："你会念动最后的咒语吗？"

葛冉死了，只剩下月阳一个人知道咒语的内容。他可以把他们自己带回到原来的世界里去。

只是……这一次，会不会把明亦阳也带回去呢？

月阳扶了扶眼镜，看向明亦阳。

我也看向明亦阳。

明亦阳微微蹙眉："你们都看着我做什么？"

月阳皱眉："他现在的记忆状况，我问他也是白问。你自

然是不愿意让他回去的，可我们没有身份，也无法长久在这里待下去。"

我知道，月阳和锑羽必须要回去。

而明亦阳，我虽然拜托莫初给他制造了身份，他终归是漫画世界里的人。

以前，我固执地想用自己的感情留住他。

现在……我的感情只存在我自己的记忆里了。

我缓缓看向明亦阳，艰难地开口："或许他回到他熟悉的地方，会想起一些事来。"

"喂，姜咪，什么叫熟悉的地方？我是明天，我不是明亦阳。我是有护照有身份的人！"

"我哪儿也不去！"

"姜咪，你说话呀！"

……

我默默地转过身去。

锑羽和月阳架住了明亦阳。

我闭上眼睛，直到身后没有了声音，我试着喊道："明天？"

"明亦阳……"

我转身。

紫藤树下，三个人都不见了，就像他们从未出现过一般。

我笑着哭了。

从此，我的心缺失一角，只为他而留。

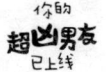

今年的冬天，特别短。

感觉没怎么冷，就迎来了立春。

我的漫画进入了番外的部分。

邮箱依旧有很多粉丝来留言，问我能不能继续创作下去，问会不会有《此王凶萌》第2部和第3部。

我一封封地看过去，却都没有回复。

每一个肯定的回答都可以代表一个句号，而我只想用省略号。

仿佛这个故事依然还在，不会被时光所冲刷掉。

明亦阳走了以后，留了一堆事儿给我。

第一个超级大麻烦就是米洛，他冲到我的家里来拽着我的肩膀几乎要把我摇散架了，要我把人交出来。

我好说歹说，表示会帮他处理接下来的事宜。

我先去找了白浩，让他帮忙在Y集团旗下的连锁娱乐公司里找出在册培养的小鲜肉给我挑。

我挑了一个形象气质各方面都和明亦阳很接近很相似的小男生，推给米洛，告诉他这个男生才是真正的男主角，而明亦阳只是一个烟幕弹。

这样既解决了问题，又制造了话题。

米洛起先强烈不同意我这样的做法，表示已经有明亦阳这么一块美玉在前，这么安排根本就不会有好的效果。

我只好硬着头皮说，试试看才知道。

无奈，时间一天天地推进，米洛只好勉为其难地接受了我的建议。

在白浩的帮助下，掌握了最初的舆论风向。

民众的记忆力都是很短暂的，再加上人云亦云的作用，这个叫赫子君的男生渐渐从被吐槽到被大家所接受，前后不过花了半个月的时间，然后火速开始进组拍摄《此王凶萌》。

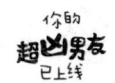

米洛虽然还是放不下明亦阳，时不时来烦我念叨我，但是也默许了赫子君这样的替补。

　　毕竟，时间对于捧红一个艺人来说，是分秒必争的一件事。

　　和明亦阳不同，赫子君不过双十年华，却成熟稳重、谦和有礼。他对于我的提拔十分感激，每次见到我都是"姜咪姐""姜咪姐"地喊。

　　可我每次看到他，都会越发想念明亦阳。

　　明亦阳回去了那个世界，过得是否安好，我不知道。

　　我只能靠想象。

　　有时候我用画笔轻触数字板，在番外里画下自己的思念。

　　我伸手触碰屏幕上明亦阳的脸，好像真的能触碰到他。

　　我甚至跑去动物园的那棵紫藤树下，这是他消失的地方……

　　晚上睡觉，我渴望做梦，希望在梦里和他相会，可醒来后总是看到一片漆黑。

　　我就是在这样的侥幸和期待中，来回碾压呼吸，然后一点点意识到我再也见不到他这个事实。

　　我以为，这辈子我都再见不到明亦阳了。

　　莫初服刑中一直不肯见我。

　　我每次去，他都让狱警出来转达，让我回去。

　　而我依旧每个周末都会过去。

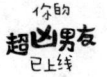

　　我不在乎是否真的能见到他，我只是想让他明白，外边有人等他出来，他不是孤独的一个人。

　　毕竟，绝望对于活着的人来说，是太难承受之痛。

从监狱里出来，都会走一条很长的蜿蜒的山路，这里很少有人开车路过。

我喜欢静静地踩着边沿，不被打扰地专心走路，边走边想事情。

在我第七次探监时，莫初的最终判决书下来了，是无期。

明亦阳、月阳等人忽然离去，为莫初做证他是出于阻止葛冉进行危险动作而开枪的人就只剩下我。

鉴于我和莫初曾经的关系，可信度不高。再加上莫初主动公布自己收受葛冉的钱的事，我的证词就更像是一种开脱了。

得到这样的结果，莫初很安心。

他第一次主动见我。

隔着玻璃，他瘦了不少，满脸的胡楂显得很憔悴，神情却祥和平静。

"姜咪，不用替我难过。以后也不用再来看我了，真的。"莫初笑了笑，"以前我总是忙着查案，忙着想要建功立业。我以为等我到了一定的高度就好了，就可以把你追回来了，我以为一切都在我的掌控之中，你还是会在原地，我还有机会。"

"可当我发现这一切的以为都只是我的一厢情愿后，我就想着尽快让这一切结束，我需要一笔钱把你带去远远的地方，重新开始。姜咪，原谅我，我不甘心。"

说最后一句话时，莫初长长地叹了口气。

我静静地望着他，浅浅地扬起嘴角："我不会再来看你了，莫初，你保重。"

我挂掉电话，转身离开。

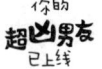

这一天，下起了雨。

我没有带伞，踏着地上的雨水，走在蜿蜒起伏的山路上。

我不会再去见莫初，不是因为其他，只是成全他的愧疚。

而莫初不再见我，只是成全这一切的结束。

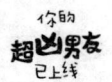

番外二
攒一辈子运气，好在终于再见你

"你能不能别再跟着我了？"

"不能。"

"我求求你了好不好？"

"不好。"

不管明亦阳怎么赶我，我都笑嘻嘻地用摇头和言简意赅的否定来坚持我的跟班模式。

隔着他的新款墨镜，我都能感觉到他郁闷的怒火在冲我燃烧。

不一会儿，机场里没有注意到我们的行人都因为我们一步三回头的分分合合而投来异样的目光。

明亦阳咬唇，恨恨地压低声音："姜咪，你闹够了没有！我是去赶通告，不是去游山玩水！"

我眨眼："我知道啊，所以我要跟你去啊。米洛说了，你的助理因为处理宠物乌龟的时候不慎被咬了，为了不得狂犬病跑去医院扎针了。"

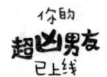

253

"少来这套！米洛早就被你收买了，你以为我不知道啊？"

我双手背后，笑眯眯地看着他："明先生，你再和我磨叽，真的就赶不上飞机了。"

"……"

我完胜地拖过他的行李箱，屁颠屁颠地跟在他后边。

目的地，绿岛。

他要拍一组国外的男士化妆品广告，三天两夜。

飞机上。

我坐在他旁边，兴奋地四处环顾，手指不断地敲打手腕上的手表。

明亦阳侧着头，用手撑着脸颊："你这么兴奋做什么，跟第一次坐飞机一样。"

我扭头："不是第一次坐飞机，但和真实的你是第一次坐。"

明亦阳拿下墨镜，略诧异地看着我认真的表情，神情扭曲："又在说什么胡话……"

我不以为然地歪了歪头。

第一次坐飞机是去N国，那个时候他还只存在我的眼里，别人都看不到。

现在，他以大明星的身份，我以小助理的身份相伴左右。

这件事从假成真，我能不兴奋吗？

我不能就自己一个人兴奋，看着他装酷地拿眼罩戴上就要睡，我拿出手机调成照相模式靠了过去。

在我没日没夜狗皮膏药的黏黏攻势下，明亦阳已经养成了强烈的感应模式。

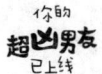

254

我一靠近，他就整个人弹了起来，身子往里缩警惕地瞪我："你干吗？"

我笑笑地摇晃手机："拍照呀。"

明亦阳气不打一处来："姜咪，你有病！"

"来嘛。"我左手手臂一钩，将他钩入怀里，"来，冲镜头笑一个就好嘛。"

"姜咪你走开！"

"哎呀，快点，配合一下嘛。拍照对你来说就是工作呀。"

"拍照是我的工作，但我不愿意入你的镜头！"

"乖，你的微博需要更新了。"

……

任凭明亦阳滑得像条泥鳅，我还是抓着他强行拍了一张头碰头的照片。

明亦阳一边缩在一旁满脸通红，一边斜睨我嘟囔："这家伙怎么力气忽然变这么大……"

我优哉游哉地做着美图秀秀，心里暗戳戳地想：废话，为了准备好和你进行身体长期的对抗，我每天都在家举一个小时的哑铃！

嗯，这是第20天，他依然不记得我。

明亦阳接了一部电影，是大导的一部男人戏。

故事背景设立在T国。

明亦阳要饰演一个外表文质彬彬实则是个懂得高科技的土匪。

在T国的水城，要拍一场追逐的戏码，拍了好几遍导演总

255

是不满意镜头前的表现力。

我站在一旁，看得也莫名心焦。

我注意到明亦阳的右手破了。

我包了一条小船，船上载着我事先去超市买好的水果和饮料。见到这情形，我赶忙把这些都搬上去分给工作人员，一个个表示辛苦了。

我拉着明亦阳到一旁，用水帮他冲手上的伤口，扫到他一言不发的神情："是谁和我说，要用这部电影证明自己，所以再怎么难都要硬着头皮往上冲的呢。"

明亦阳睨我："我有说不冲吗？"

我立刻咧开嘴，伸手抓住他的脸颊扯出一个大大的微笑来："这样就对了嘛！"

"姜咪，你放手！"明亦阳抓过我的手腕，我一下子没掌握住力道跪在了地上。

我以拜佛的姿势和明亦阳四目相对。

明亦阳绷着脸一秒，两秒，还是没忍住地哈哈大笑。

我挣脱开他的手爬起来，拍了拍膝盖上的灰，气哼哼地指责："明亦阳，没想到你是这么一个幸灾乐祸的人，之前都是瞎正经！"

这回轮到我把喜悦憋住，绷着脸回呛了。

自从他是明天后，我就摸索出和他最舒服的相处模式来。

他习惯了我的黏糊不放，我习惯了他一本正经地绷着脸装酷。

如果他不慎被我逗笑，我得板着脸装作不领情的模样，照顾他的面子，才能让他笑得越发欢愉。

我大步流星地走远，眼角早就弯起。

就在我想着晚上要怎么敲一顿某人的竹杠，然后怎么装醉闯入房间将其就地正法时，突然前面一个金发碧眼的男人蹿到我身边抓着我的挎包就跑，我被挎包带拖到了地上。

　　整个过程不到三四秒，我抬头看着这个抢包贼跑走的背影，火噌地上来，就地爬起来就去追。

　　"你给我站住！站住！"

　　我一边用呼救一边奋力追赶，这时有人抓住了我的手，身形迅速超到我的前边。

　　我不用细看，只是感觉，便知道他是明亦阳。

　　他紧紧地抓紧我的手，带我去追那个抢包贼。

　　流动的风景成了我和他两个人的背景框。

　　我侧目他在风里的侧脸，惊恐和不安一点点地变成全力以赴的力量。

　　没办法，他再一次扯动了我的心。

　　眼看那个抢包贼就要消失在视线中，明亦阳推开旁边载货的摩托车司机，直接推我上去："坐稳了！"

　　我一点也不客气地从后边环住他的腰，车子嗖地如离弦之箭。

　　在摩托车的帮助下，很快就追上了那个抢包贼。

　　抢包贼奋力反抗，把空了的包甩到我脸上。

　　我只感觉前边的明亦阳跳下了车，待我把包挪下来便看到他一个箭步用膝盖朝那抢包贼头上顶去。

　　抢包贼摔倒在地，用我听不懂的语言叫嚣着。

　　明亦阳把头上的头盔拿下来要朝他的脑袋上抡过去，我正要大喊不要的时候，只听一旁有人大喊"咔"。

　　我扭头，不知道什么时候导演就出现在旁边。

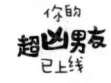

只见导演笑呵呵地走过来从明亦阳手里拿过头盔，拍拍他的肩："好了，这条完全没问题。"

抢包贼从地上爬起来，冲明亦阳说对不起，再向我弯腰说抱歉。

我蒙圈后，恍然大悟，这是导演的套路啊！

明亦阳也蒙了。

导演意味深长地望着我："原来你就是能让明天激发演技的催化剂啊。"

我老脸一红，害羞地笑了。

嗯，这是第35天，他依然不记得我。

又到了一年一度，我的生日。

以前我的生日是在画画和吃泡面中度过的。

但是做了明亦阳的助理后，我思忖这生日必须得好好办。

所谓的好好办，不是指要大张旗鼓，也不是需要烛光晚餐。

我提前一个星期就在明亦阳的耳边吹风自己的生日快到了，明亦阳随手递给我一个东西，哪怕是一块毛巾我都欣喜地接过问是不是给我的生日礼物。

然后明亦阳就赠给我一记白眼。

我就这么絮絮叨叨了四五天，明亦阳忍不住问我："哪有女孩子那么喜欢过生日的？"

我一边帮他挑衣服，一边笑着望他："我不是喜欢过生日，我只是比较喜欢过这次的这个生日。"

"有什么特别吗？"

"因为有你啊。"我直言不讳，一嘴蹦出一句真心话。

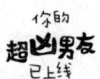

明亦阳已经习惯我的情话炮制了，瞳孔微微扩散后立刻恢复常态。

"没错，你生日我是不会放你假的。那天我的通告排得很满，估计你连上厕所的时间都没有。"

"哦。"我挑眉噘嘴，不置可否。

我再也没有把生日挂在嘴边，倒计时的几天，我把自己挤在乌云下方，整个人阴郁不已。

除了没把明亦阳的工作给安排错误，其他的一切仿佛都和我无关。

明亦阳好几次瞪我，我也是慢吞吞地给迟钝的反应。

就这样蔫到第六天，我给明亦阳拿外卖的同时收到了一束花。

我把花拿回酒店房间，明亦阳头也不抬地把外卖吃的从我手里拿过，并飞快地说："送给你的。"

快到我差点没听到。

我故意眨巴眼睛，问："什么？你说什么？"

明亦阳瞪我："好话不说第二遍。"

"哦。"我又重新变回阴阴的死相，"那我把花拿去扔了。"

"喂！"

我窃喜地站住，听到身后艰难地把刚才的话重复了一遍："这花，是送给你的。"

我转身，明亦阳挤笑："满意了吧？"

我继续作："为什么要送我花呢？"

明亦阳忽然露出牙齿冲我灿烂微笑，并对我勾勾手指头："过来。"

我一愣，他再次招手。

我半信半疑地过去，他仰头："你再靠近一点。"

我依言弯腰，在看到他眼底就要浮现的狡黠时，比他快人一步地吻上他的唇。

说时迟那时快，他要弹我脑门的手几乎同时抬起。

明亦阳的瞳孔迅速收缩。

我没有闭上眼睛，看到他瞳孔里倒映的自己，忍不住被自己甜到了——

抱歉了，明亦阳，我提前索取了最想要的生日礼物。

你不会知道，其实我最想要的生日礼物就是你了。

我一得逞，就噌地跑了，留明亦阳一个人在房间里。

很奇怪的是，我跑出去在红毯上走了一段路，忽然发现身后很安静。

我折返回去两步，依然没有听到明亦阳的咆哮声。

这回，明亦阳对我的放肆，居然表现得很安静……

嗯，这是第45天，他依然不记得我。

演艺大赏的颁奖典礼。

明亦阳才入行第一年，就被各种奖项提名，成为当红"炸子鸡"。

赫子君表现也不错，他主演的《此王凶萌》得到了一票粉丝的追随。

最得意的是米洛，签的两名新人很快就能担当大任，给他赚得盆满钵满，好不开心。

我作为明亦阳的助理，操心的头等大事就是颁奖典礼他要穿什么。

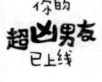

就在我在服装间堆积如山的衣服里找明亦阳可以穿的品牌时，有人推门进来。

我扭头一看，是赫子君。

他用他招牌式的温暖微笑冲我点头："姜咪姐。"

"哦，子君。你也来挑衣服吗？怎么不是你助理？"我问。

赫子君微微笑，走进来："我向米洛哥要求，希望姜咪姐你能来当我的助理。"

我一愣："什么？"

话一出口，我觉得我的反应有些太激烈，便微微一笑地搓手："我是说……你的助理小梦做得不好吗？"

赫子君笑着摇头："不是，她做得很好，只是我更想要姜咪姐过来当我的助理。"

不知道是不是我看错了，他的笑容有些炽热。

我感觉自己的目光有些不好再和他对视，稍稍撇头："可是我只是暂时的，可能我什么时候做新的漫画就不做了的……"

"没关系，我都知道。"赫子君上前一步，跨过地上的衣服，一步走到了我的面前，"姜咪姐随时都可以离开，到时候我再让小梦回来就好了。"

"你这样……"我迎上他欲言又止的眼神，心漏跳了两拍。

"姜咪姐在明天哥那边都是受气的，我不希望姜咪姐这样。"赫子君握住了我的手腕，"姜咪姐，你在那么多人中挑中了我，帮我出道，我现在只是帮你一点小忙而已。"

原来是这样……我松了一口气，赶紧摆手："没关系的，

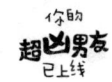

我是心甘……”

情愿两个字还没说出口，一片阴影投过来，紧接着我就被抱住了。

赫子君强烈的青春气息缠绕我，我竟一时透不过气来。

“可是我不情愿。”赫子君的声音低低地钻进了我的耳朵，带着温热的呼吸撩的人痒痒的。他的下巴在我的脖颈处蹭了蹭，像小狗狗，“姜咪姐，我喜欢你。”

“……”

来自一个小男生的告白，我不知道该怎么面对。

我想要推开他，可是他却抱得我更紧了。

这时门倏地被人推开了。

我就这样和明亦阳四目相对。

明亦阳先是一愣，随后摆出他雅痞的样子仰着下巴进来把门猛地一甩。

“砰！”

赫子君听到动静终于放开我。

“明……明天哥。”显然，明亦阳的出现，让赫子君有些尴尬和慌乱。

明亦阳歪着头靠着墙，双手抱臂，将我和他两个人细细打量，最后目光落在赫子君的身上：“我说叫姜咪买杯奶茶，人迟迟没出现，敢情被你在这里抱着呢？”

我咬唇，不敢看明亦阳。

“子君，你……你要找的衣服我等一下再给你送过去吧。”我硬着头皮给赫子君离开的理由。

赫子君盯着我看，居然没有走，而是突然拉过我的手看向明亦阳：“明天哥，我来是想告诉姜咪姐，我要挖她过来当我

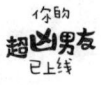

的助理。"

我咽口水，没想到唯唯诺诺没脾气的赫子君会这样直接跟明亦阳挑明了来。

明亦阳眯眸，脸色变得凛然。

"你问过我吗？"明亦阳的语气轻轻淡淡，气场强大。

我怯怯地斜赫子君，赫子君上前一步，露笑："我知道你一定会同意的，明天哥。"

明亦阳怒极反笑："呵，为什么？"

赫子君说："因为谁都知道你一直都很讨厌姜咪姐，想要把她赶走，几次跟米洛哥提要换助理。现在我把她挖过来正好给明天哥你解决了烦恼不是吗？"

赫子君说的的确是实话，明亦阳给我的臭脸简直够我一天吃三顿外加一顿夜宵的，每个人和我打招呼都是带着怜悯的目光。

不过……

"在我看来你就是多管闲事。"明亦阳冷冷地撞开赫子君，走到我面前，用他迫人的身高居高临下地看着我，"我讨不讨厌她，那是我自己的事情，轮不到你替我做决定。你可以走了。"

赫子君咬唇，他是个聪明人，知道这时候和明亦阳不好起正面冲突，转身开门走掉了。

一个尴尬走了，我自己的尴尬还没解除。

我悄悄地拽着衣角，眼神不知道要看向哪里。

明亦阳问："还做什么了？"

我一愣，抬头："啊？"

"除了抱你，还做什么了！"明亦阳闷声瞪我。

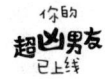

我摇头："没有啊。刚抱上，这不就你进来了吗？"

明亦阳皱眉："怎么？听这话，你是怪我打扰了是吗？"

我赶紧扯笑，拽着他的袖子撒娇："不是，你是来解救我了。"

我的话像及时雨，他的脸色总算稍稍平复一些："他除了让你去当他的助理还说什么了。"

我眨眼："他说他喜欢我，向我告白了。"

明亦阳沉默。

我低头道："可能在你的眼里，我不漂亮也不可爱，你根本就不会喜欢上我。可是明亦阳，除了你还是有人会看到我的好，会……"

"我刚刚跟米洛说了，你只能当我一个人的助理。"

我猛地抬头，看到他眼底淌满星辰。

"你别误会，我不喜欢你，一点也不。"他顿了顿，神情忽然变得遥远而温柔，"我只是发现，我习惯你在我身边，习惯对你绷着脸，也习惯你冲我笑的感觉。"

我开心地抱住他，蹭他的胸："明亦阳，那你就继续用这种方式不喜欢我吧，我喜欢！"

我确定，他在笑。

我不在乎他不记得我了。

嗯，这是第366天，他用他的方式来回应我的喜欢。

爱情就是这样，一旦遇到一点回应，那之后就会是源源不断的惊喜和希望。

我已经准备好了，他会爱上我，会记得我，然后再也不离开我。

文 / 打伞的蘑菇

《学霸住我家隔壁》

从不近人情的冷漠瞬间变成"非女主不可"的逗比！！！
昨天还爱答不理，今天就倒贴不已？

【男主因一场意外忽然"精分"从高冷学霸变成灿烂学渣】

心动片段欣赏：♥♥♥♥♥

　　谈禹虚压在我上方，一手撑着地板，另一只手垫在我的脑后。

　　背后的冰凉和身前的灼热双重刺激着我的神经。整个房间就只能听到我心跳的声音。我有些僵硬地对上他的目光："谈……谈禹……"

　　"嗯？"他的声音里有我从来都没听过的暗哑，让我有点口干舌燥，"你现在是……非常讨厌我的那个，还是……有点喜欢我的那个啊……"

　　我怯生生的表情倒映在谈禹的眼睛里。许久，他笑了一声，呼吸落在我的眼睑："你猜呢？"

　　他吻下来。

　　别猜了，从始至终都只有一个，非常喜欢你的那个。

/ 上市时间：2018 年 06 月 /

【大鱼家族】
小花读者福利群首次开放招新了！！！

天气热热热热……大鱼小花读者群开张，送礼送不停！

1 群群号： 149365431

敲门暗号： 一本大鱼或小花出版的图书名

（满员后可加 2 群，2 群群号：625085019）

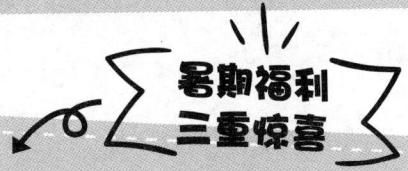

暑期福利
三重惊喜

（1）　2018 红包福利
2018 年 12 月 30 日前，每逢周五、周六晚上 8 点，群主随机掉落红包雨，拼手速，拼颜值，拼运气的时候到了！

（2）　免费送书福利
每天都有一名值班的编辑小哥哥小姐姐陪你们聊天互动游戏问答，随时可能会有各种神秘礼物掉落砸中你！
最新大鱼家族图书、大鱼公司文化 T 恤、编辑私藏小礼物、手机壳、笔袋、大鱼淘宝店优惠券等应有尽有。

（3）　大鱼小花定期招募
定期招募兼职小记者、兼职书评员、团购宣传员等，一经采用将获得兼职报酬，进群可第一时间了解相关信息！

招新目标人群：所有喜爱大鱼家族和小花阅读品牌的图书小说的小可爱！有你我们更有爱~！

有爱的青春陪伴者

请沿虚线剪下

集印花，送惊喜！